JN248327
悪役令嬢に選ばれたなら、優雅に演じてみせましょう！
2
由子れもん illust. まち
Lemon Yuzu presents

「……死にたくなければ、今すぐ彼女から離れろ」
ウィレム・ハーシェル
元「王子の取り巻き役」の
伯爵家三男
アンセルム・ハーシェル
ウィレムの兄
聖騎士の称号をもつ

メリアローズ・マクスウェル
元「悪役令嬢役」の公爵令嬢
パスカル・スペンサー
スペンサー公爵家嫡男

「『公爵令嬢』でも『悪役令嬢』でもない、
メリアローズさんのことが
誰よりも、好きだから」

「ウィレム・ハーシェル、
君と戦いたいと思っていた
今度は逃げるなよ」
ロベルト
隣国ユウェル王国の
第二王子

「俺が帰国する折には、一緒に来ないか？
俺の、妃として」

悪役令嬢に選ばれたなら、優雅に演じてみせましょう！ 2

柚子れもん illust. まち
Lemon Yuzu presents

C o n t e n t s

プロローグ
元悪役令嬢、優雅に紅茶を嗜む
004

1章
元悪役令嬢、厄介な貴公子に絡まれる
013

2章
元悪役令嬢、危険な舞踏会に誘われる
101

3章
元悪役令嬢、勝利の乙女になる
163

4章
元悪役令嬢と騎士の誓い
226

エピローグ
元悪役令嬢、奇妙なお茶会に出席する
277

番外編
メリアローズ様の
パーフェクトヤンデレ教室
287

プロローグ　元悪役令嬢、優雅に紅茶を嗜む

窓の下では、初々しい生徒たちが期待に胸を膨らませて流れるように歩いて行く。

「あー、思い出すねぇ。一年前の俺たちをさ」

いつになく愉快そうな表情を隠す様子もなく、バートラムが新入生たちを眺めていた。

季節は美しい花々が咲き乱れる春を迎えていた。

メリアローズたちがこの学園に入学して、ちょうど一年が過ぎたのだ。

「あら、あなたはあんな風に可愛げはなかったわ」

メリアローズが声をかけると、バートラムはやれやれと肩をすくめた。

「手厳しいねぇ、学園の女王様は」

不本意に「女王様」などと呼ばれたメリアローズは、不快そうに美しい眉《まゆ》をひそめた。

「その呼び方、やめて頂戴」

「いいじゃねぇか。しっかり後輩に立ち位置をアピールしておくべきだ」

にやにや笑いながらそんなことを言いだしたバートラムに、メリアローズははぁ、とため息をつく。

波乱の一年が終わりを迎え、また新しい年度が始まった。

メリアローズたち「王子の恋を応援し隊」の四人……それに、王子とジュリアは無事に上級課程

に進級することができたのだった。

……もっとも、ジュリアはかなりギリギリだったようだが。

そんなわけでちょうど今は、新入生が新たにこの学園にやって来たところである。

その初々しい姿を眺めながら、メリアローズは小さくため息をついた。

この一年間、メリアローズが悪役令嬢として学園を引っ掻《か》きまわしたのは事実だ。

いったい新入生たちの目に今の自分はどう映るのか……あまり考えたくはない。

そんなことを思った時、そっとドアが開き、続きの部屋からリネットが顔をのぞかせた。

「お待たせいたしました、メリアローズ様、バートラム様」

にっこり笑った彼女は銀色のトレイを運んでおり、その上には四人分のティーカップが乗せられていた。

ここ作戦会議室、という名のくつろぎ部屋の隣は、簡素なキッチンになっている。

リネットはこのキッチンを気に入り、よくこうして皆の為《ため》に働いてくれるのだ。

……いずれこの国の王妃になるであろう、リネットが。

「リネット！　またあなたはそんな下働きのような……」

「悪いねぇ。未来の王妃が手ずから俺の為に茶を淹《い》れてくれたなんて、子孫代々語り継ぐ武勇伝になるぜ」

リネットはにこにこ笑いながら、楽しそうにテーブルに茶器を並べていく。

まったく、そう遠くない未来に王太子妃になるはずの人間にしては、腰が低すぎるのだ。

「リネット。そんなことはバートラムにでもやらせとけばいいのよ。あなたはもうすぐ、大勢の人間に傅《かしず》かれるようになるのだから」

「でも……やっぱりこうしているのが性に合うんです。王子も、私の好きなようにすればいいとおっしゃってくださいました」

「まぁ、ユリシーズ様はそういう御方よね……でも、気をつけなさい。宮廷なんて常に他人の足を引っ張ってやろうとする者の集まりなのよ。隙を見せればすぐに蹴《け》落とされるわ」

多少大げさにそう言うと、途端にリネットの表情が強張《こわば》った。

しまった、少し怖がらせすぎたかもしれない。

「メ、メリアローズ様……やっぱり、私……」

「もう、冗談よ！　大丈夫だからそんな暗い顔しないで頂戴！」

青ざめるリネットをソファに座らせ、紅茶を飲ませる。

暖かい飲み物を口にしたことで、リネットも多少は落ち着いたようだ。

「はぁ、お手数をお掛けして申し訳ありません、メリアローズ様……」

「リネット、あなたはユリシーズ様に選ばれたのよ。自信を持ちなさい」

まだ記憶に新しい、学期末のダンスパーティーの光景が蘇《よみがえ》る。

メリアローズの婚約者（仮）であったユリシーズ王子は、運命的に出会った田舎《いなか》貴族の娘……ではなく、メリアローズの筆頭取り巻きであるリネットをパートナーに選んだのだ。メリアローズの思惑とは裏腹に。

その時はその場で気絶しそうになるほど驚いたが、メリアローズも今は落ち着いてその事実を受け入れている。

リネットはよく気の利く心優しい娘だ。きっと、陰日向《かげひなた》なくユリシーズを支えていくことだろう。

彼女をパートナーに選んだ王子は、さすがの審美眼《しんびがん》を持っていたようである。

だが、当のリネットはいまだに自分が王子に選ばれたことに、自信が持てないようなのだ。

「やっぱり、私などでは力不足な気がするんです。王子は今の私のままでいいとおっしゃってくださいますけど……やっぱり、私が王子の隣に立つなんて、どう考えてもふさわしくは……」

「まぁまぁ、どうせ王宮に上がるのは卒業後だろ？　あと一年もあるんだし、そんなに暗くなるなって！」

落ち込むリネットの頭を、バートラムが軽い調子でわしゃわしゃと撫《な》でる。

不敬罪よ、と言おうとして、メリアローズはその言葉を飲み込んだ。

バートラムのこの空気を読まない明るさに助けられているのは事実だ。

……今だけは黙認しておこう。

「まぁ、バートラムの言うとおりね。あと一年もあるのだし、そこまで悲観することはないわ」

「はい、ありがとうございます……！　メリアローズ様のような完璧なレディを目指します‼」

メリアローズを目標に、というのは少し複雑な気分だったが、リネットが元気を取り戻したようなのでこれでいいだろう。

彼女はいつもメリアローズを支えてくれた。だからこそ、今度はメリアローズが彼女を支える番なのだ。

　メリアローズは幼い頃から、王太子妃候補として育てられてきたのだ。

　多少は、リネットにアドバイスしてあげられることもあるのかもしれない。

　帰ったらさっそく考えをまとめようと、メリアローズは頭を働かせながら優雅に紅茶を口にした。

　そんな中、廊下からバタバタと騒がしい足音が聞こえてくる。

　メリアローズたちは顔を見合わせ、くすりと笑う。

　次の瞬間、勢いよく部屋のドアが開け放たれた。

「すみません、遅くなりました！」

　現れた人物――ウィレムの姿を見て、メリアローズはカップで口元を隠しつつ、そっと笑みを零《こぼ》した。

　今日は来ないのでは、と心配していたが、どうやら杞憂《きゆう》だったようだ。

「おいおい、空気読めよ。せっかく両手に花のハーレム気分を味わってたのによぉ」

「今の言葉、一言一句違《たが》わずに王子に報告するぞ」

「待てよ、俺の首が飛ぶだろ……。王子の忠実な臣下バートラムは、しっかり王子の婚約者と幼馴《おさなな》染《じみ》を守っていましたって伝えてくれ」

　ウィレムとバートラムのそんな他愛ないやりとりを眺めながら、メリアローズとリネットは顔を見合わせくすくすと笑った。

　一年前の今頃と比べると、メリアローズたちの立ち位置は大きく変わったように思えるが、まだまだこの奇妙な縁は続いていくようだ、と、メリアローズは安心したのである。

ウィレムはふぅ、と息を吐くと、空いていた席に腰を下ろした。

どうやら随分《ずいぶん》急いできたようで、几帳面《きちょうめん》な彼にしては髪や服に乱れが見られた。

もっとも、注意してみなければ気づかないほどの違いだが。

「遅かったじゃないの。何かあったの？」

何気なくそう問いかけると、ウィレムはメリアローズに向かって小さく首を振ってみせる。

「……そうですね、少し、トラブルが」

「トラブル？」

「いや、たいしたことじゃないんです」

ウィレムは何てことなさそうにそう答える。

トラブルという言葉が引っ掛からないでもなかったが、メリアローズはそれ以上追及するのはやめておいた。

……おそらくは、女生徒たちに囲まれて、その対処に手間取ったとかそんなところだろう。

その光景を想像し、メリアローズはカップで口元を隠して小さくため息をついたのだった。

「まぁまぁ難しいことは置いといて、さっさと始めようぜ！」

バートラムにそう急《せ》かされ、メリアローズとウィレムは苦笑した。

まぁ、彼の言うことにも一理ある。

今日みたいな日は、難しいことは忘れるべきだろう。

「皆様、準備はよろしいですか？」

未来の王太子妃は相変わらず給仕に余念がないようだ。

気がつけば、メリアローズの目の前にシャンパンの注《そそ》がれたグラスが用意されていたのだから。

「ええ、大丈夫よ、ありがとう」

しっかりとグラスを持ち、メリアローズは前を向いた。

残りの三人も、既に準備はできているようだ。

「それでは……無事に生き残って進級できた幸運に……乾杯！」

グラスが重なる小気味よい音が響き、メリアローズは心からの笑みを浮かべた。

「でも一時はどうなることかと思ったよなぁ」

「私、実は万が一に備えて、国外脱出の方法をずっと考えてたんです」

「あ、それ俺もだ」

和気あいあいと談笑に興じる面々を眺めて、メリアローズは気持ちよくシャンパンを呷《あお》った。

今日は、メリアローズたち――元「王子の恋を応援し隊」の任務達成と進級祝いを兼ねたプチパーティーなのだ。

リネットが王子の婚約者に選ばれ、婚約式だなんだとごたごたしているうちに、新しい年になってしまったが、なんとか無事に開催することができてほっとした気分である。

紆余曲折《うよきょくせつ》あって、王子とジュリアをくっつけるという「王子の恋を応援し隊」のミッションは、うまくいった……とは言い難《がた》い結果になったが、これはこれでいいだろう。

「ふふ、王子の恋を成就させるなんて、私にかかれば朝飯前だったわ。楽勝すぎて欠伸《あくび》が出るくらいよ」

「いや、どう考えても失敗だっただろ、あれ」

「でも王子は喜んでたじゃない。ねぇリネット」

「あ、はい……」

真っ赤になってしまったリネットを微笑《ほほえ》ましく思いつつ、メリアローズは優雅に紅茶を口にした。

すると、バートラムが呆《あき》れたようにため息をつく。

「だいたいなぁ、お前自分のことはどうなんだよ」

「私は別にいいのよ」

「だってよ、聞いたかウィレム。お前は――」

バートラムが続きを口にしようとした瞬間、ウィレムは目にもとまらぬ速さでバートラムに逆エビ固めをきめてみせた。

そのあまりに鮮やかな動きに、メリアローズは思わず惚《ほ》れ惚れしてしまう。

「いててて！　お前やっぱりまだ言えてないのかよ‼」

「黙れ、お前に言われたくない」

「ねぇバートラム。さっきは何を言おうと……」

「気にしないでくださいメリアローズさん。バートラムの話にまともに聞く価値はありません」

ウィレムにそう諭され、メリアローズはそうなのかしら、と上げかけた腰を落ち着けた。

なんやかんやで、王子はリネットという相手を見つけた。

……自分にも、そんな相手が現れるのだろうか。

メリアローズはちらりと、バートラムをしばき続けるウィレムに視線をやる。

自分自身の今後のことを考えると、メリアローズは何故かいつもウィレムのことが頭から離れなくなるのだ。彼はトレードマークのメガネを外し、今や行く先々で女生徒にきゃあきゃあと騒がれている。

以前彼の言っていた、好きな相手についてはどうなったのだろう。

もやもやと湧いてくる思考に押しつぶされそうになって、メリアローズは緩く頭を振った。

今はめでたいパーティーの最中なのだ。難しいことはまた後でゆっくりと考えればいいだろう。

王子の恋騒動に振り回された去年と違い、さすがに今年は静かに過ごせるだろう。

……この時のメリアローズは、まだ知らずにいたのだ。

今度は、自分が大騒動の渦中人物となることを……。

1章　元悪役令嬢、厄介な貴公子に絡まれる

「メリアローズ様、おはようございます！」

「今日も麗しい……」

「是非この薔薇《ばら》の花束を受け取ってください。もっとも、貴女の美しさには敵《かな》うはずもありませんが……」

「ここで一曲！『メリアローズ、マイ、スゥイート……』」

また始まった……と爽やかな朝の空気とは対照的に、メリアローズの気分は落ち込んだ。

ここは学園の正門。そう、まだ正門をくぐったばかりなのである。

それなのに、メリアローズを待ち構えていたかのように……いや、実際に待ち構えていたのだろう。四方八方から声を掛けられ、メリアローズは人目もはばからずため息をついてしまった。

悪役令嬢だった頃は遠巻きにされていたメリアローズだが、それが演技だとばれてからはこの状態なのである。

是非ともメリアローズのハートを打ち抜かんとする男子生徒に、少しでもメリアローズの恩恵にあやかろうとする女子生徒。大貴族の娘であり、王子と王太子妃（予定）の信厚いメリアローズは、今や葱《ねぎ》を背負った鴨《かも》のような状態なのだ。

まったく、貴族というのはわかりやすく権力に弱い生き物である。

メリアローズはそう実感せずにはいられなかった。

「ごめんなさい、通して頂戴」

「おい、メリアローズ様が困っているだろう。早く離れろ」

「お前が離れろよ‼」

まるでハチの巣を突っついたかのような騒ぎである。メリアローズは全力で人垣をかき分けようとしたが、まったく歯が立たなかった。

――まずい、このままでは授業に遅刻してしまうわ……！

悪役令嬢をやめた以上、メリアローズはマクスウェル公爵家の名に恥じないように、公爵令嬢として品行方正な態度を心掛けていた。授業に遅刻などすれば、「家柄を笠に着て、学業を舐《な》めているに違いない！」と、陰でひそひそされてしまう。

そうメリアローズが内心焦っていると――。

「あら、いったい何の騒ぎでしょう」

「リネット、今日は祭りか何かでもあったのかな？」

突然聞こえてきた涼やかな声に、メリアローズに群がっていた生徒たちがぴたりと静止する。

その中心にいたメリアローズは……やっと助けが来たか、と小さく息を吐いた。

メリアローズに群がる群衆の後方に、まるで図ったかのようなタイミングで……この国の誇る輝かしい王子とまるでシンデレラのように彼に見いだされた令嬢――ユリシーズとリネットが、颯爽《さっそう》と現れたのだ。

「……御機嫌よう、ユリシーズ様、リネット」

「あぁ、メリアローズ様！」

脱力しながら声を掛けると、リネットが悲痛な声を上げて駆け寄ってきた。

その途端、まるで偉大なる聖人が海を割ったかのように人垣がぱっと割れた。

暑苦しさから解放され、メリアローズは駆け寄ってきたリネットに寄りかかりながら、やっと爽やかな空気を吸うことができたのである。

「なんておいたわしい……。やはり、この状況はいただけませんわ」

「その通りだリネット。こんなに人が集まっては、うっかり事故が起きかねないからね」

わざと周囲に聞こえるように会話する王子とリネットを見て、いつになったら私の周りは静かになるのかしら……と、メリアローズは嘆息した。

「毎日毎日こんなことが繰り返されたら危ないな……君、そう思わないかい？」

「はっ、はい！」

突如王子にそう話しかけられて、メリアローズに花束を渡そうとしていた男子生徒が素《す》っ頓狂《とんきょう》な声を上げた。いつもと変わらないようでいて、どこか威圧を感じる王子のロイヤルスマイルに、周囲の空気が一気に緊張する……！

「メリアローズ様に近づきたいお気持ちはわかりますわ。ですが……こんな風にされてはきっとメリアローズ様もお困りでしょう」

「そうだね。ここは学園で、あまり皆の行動を制限するようなことはしたくないが……あまりにも目に余るなら、対処を考えるべきかもしれないな」

ちらりと周囲を見渡しながら、リネットと王子がそう告げる。

その途端、周囲の生徒たちは一斉にごくりと唾をのんだ。

王子とリネットはこの状況を快く思ってはいない。あまり度を過ぎてメリアローズに纏《まと》わりつくようなことをすれば、未来の王&王妃の機嫌を損ねてしまうだろう。

学生とはいえど、貴族の端くれである生徒たちにとって、それだけは何よりも避けたいはずだ。

「そ……その通りです、王子、リネット様！」

「ほらあなたたち、もう授業が始まるわ！　さっさと解散しなさい‼」

察しの良い生徒は既に情勢を的確に読んでいるようだ。先ほどまでメリアローズに絡んでいたことは棚に上げ、手のひらを返すように生徒たちを諫《いさ》める側に回っている。ここで「自分は王子のお考えをわかっています」という態度を見せて、心証をよくしようとする戦法なのだろう。

「まったく、よくやるわ……」

その光景を見て、メリアローズは苦笑した。

何はともあれ、これで多少は牽制になるといいのだが……と、小さく息を吐いた瞬間――。

「っ……！」

急に背後からそっと腕を引かれ、メリアローズは思わず小さく声をあげそうになってしまった。

だが、次に聞こえてきた声にほっと力を抜く。

「大丈夫ですか、メリアローズさん？」

それは、メリアローズもよく知る王子の取り巻きの青年の声だったのだ。

振り返ると、心配そうな色を湛えた翡翠《ひすい》色の瞳と視線がかち合った。メリアローズは彼を安心させるように微笑んで見せる。

「えぇ、大丈夫よ、ウィレム」

本当は朝からどっと疲れていたのだが、彼の姿を見ると元気が出てきた気がする。

何故かしら……と、メリアローズは少しだけ不思議に思ったが、すぐに思考を切り替える。

今は、なんとかこの状況からの脱出が最優先だ。

「王子とリネットが引き付けてくれてるうちに行きましょう」

「えぇ、そうした方がよさそうね」

集まっていた生徒たちは、今や戦々恐々と王子とリネットの一挙一動を見守っている状態だ。

おそらく逃げ出すには今がチャンスなのだろう。

その考えを裏付けるように、リネットがちらりとこちらを振り返り、小さく頷《うなず》いた。

まったく、王子の婚約者となってもフォローの女神はさすがである。

メリアローズとウィレムは、高らかに生徒たちに呼びかける王子の声を聴きながら、こそこそと校舎の入り口に向かって足を進めた。

「まったく、疲れるわ……」

「お疲れ様です。今日の王子とリネットの牽制で、多少はマシになるといいんですけど……」

「そう願いたいものね」

なんだかんだで押し付けられ、両手いっぱいに抱えた花束を、ウィレムが受け取っていく。

いったいこの花束の贈り主の中で、どれだけの人が私自身を見ているのかしら……と考えると、またメリアローズの心は少し沈んでしまう。

「はぁ……そんなに、マクスウェル家の名前って魅力的かしら」

「……それだけじゃないと思いますけど」

「えっ？」

「いえ、まぁ国一番の貴族ですからね」

やっぱりそうよね、とメリアローズは嘆息する。

迷惑なほどに群がってくる求婚者。だが彼らは別にメリアローズに恋をしているわけではなく、ただメリアローズの背後にあるマクスウェル家に取り入ることが目的なのだ。

「……結局私って、公爵家に生まれたってことだけが取り柄なのよね」

以前、隣国に追いやられたルシンダに言われた言葉が蘇る。

──「所詮、公爵家に生まれただけの女」

結局のところ、彼女の言う通りなのかもしれない。

「……メリアローズさん」

だが、思考がずぶずぶと沈み始めた頃、静かにウィレムに呼びかけられ、メリアローズははっと足を止めた。見上げれば、真剣な顔でこちらを見ているウィレムと目が合い、メリアローズは思わずどきりとしてしまう。

別に頼んだわけではないのだが、ウィレムは護衛と称して可能な限り、学園内でメリアローズに付き添ってくれている。バートラムに「荷物係」と揶揄《やゆ》されても、いくら他の女生徒に誘いを掛けられても、彼はこうしてメリアローズの傍にいてくれる。

今更ながら、メリアローズはそれが彼の負担になっているのでは、と気づいてしまった。

ウィレムは「王子の取り巻き役」という役目から解き放たれ、自由になったのだ。

いつまでも悪役令嬢役をやっていた時の名残《なごり》で、メリアローズがこき使ってはいけないだろう。

「……あなたも、無理に私に気を使わなくていいのよ。別に、マクスウェル家の力を使って圧力をかけるような真似《まね》はしないから」

悪役令嬢だった頃は、そのような悪事を働く人間だと思われるように演技をしていた。

まさかとは思うが、ウィレムも心の底ではそう思っているのでは……と、メリアローズは心配になってしまう。なんとなくウィレムの顔が見られずに俯《うつむ》いていると、はぁ、とため息をつく音が聞こえメリアローズは思わず身を固くした。

「……まだそんなこと言ってるんですか」

どこか呆れたような、冷たい声色に体がこわばってしまう。

だが、次の瞬間くすりと笑われて、メリアローズは思わず顔を上げる。

すると、優しい瞳でこちらを見ているウィレムと目が合い、メリアローズは自身の頬《ほほ》に熱が集まるのを感じた。

「確かに、悪役令嬢メリアローズはただ公爵家に生まれただけの、高慢で嫌な奴だったのかもしれません。でも――」

ウィレムはそこで一度言葉を区切ると、優しくメリアローズの肩に触れる。

「でも……本当のあなたは違う」

そのまま、肩に流れた髪をさらりと指で梳《す》かれ、メリアローズは思わずびくりと反応してしまった。

ウィレムから目が離せない。

思わず一歩引こうとしたが、背後は壁だった。

いつの間にか、廊下の壁とウィレムの間に、閉じ込められたような形になっていたのだ。

「本当のあなたは、誰よりも努力家で、お人好しで、高潔で……」

「や、やめなさい……」

とても自分にふさわしいとは思えない言葉の数々に、メリアローズは顔から火が出そうになった。

これは、こんな恥ずかしげもなく褒められているからか、それとも……そう言ってくれる相手が、彼だからだろうか。

今までどんな美辞麗句《びじれいく》を並べて口説かれても、笑って聞き流すことができていたのに。

それなのに……今は彼の言葉が耳から入り、そのまま心に染みわたり、体を熱くしていくような気すらした。

思わずぎゅっと目を閉じてうつむくと、ウィレムの指先がそっとメリアローズの頬に触れる。その途端メリアローズの鼓動が大きく跳ねた。

「それに……誰よりも綺麗《きれい》だ」

「ななな、なに言ってるのよあなた‼」

「見た目だけじゃなくて、その心も」

ウィレムの綺麗な翡翠色の瞳が、はっきりとメリアローズを射抜いている。

段々と彼の顔が近づいてきて、その瞳に映る自身の姿がはっきりしていくのを、メリアローズは息が止まりそうになりながら見つめることしかできない。

「……メリアローズさん、俺は」

近い近い近い――‼

と叫ぶこともできなかった。

もう、すぐ。

鼻先が触れ合いそうな距離に、互いの吐息を感じるほどに。

すぐそこに、彼がいるのだ。

そして、ウィレムが次の言葉を口にしようとした瞬間――。

「メリアローズ様がこっちにいそうな気がします！」

「おいっ、二階から飛び降りるのはやめ――うおっ⁉」

聞きなれた声が聞こえたかと思うと、窓の外を何か大きな物体が、すごい速さで落ちていくのが視界に映る。

「はひぃっ⁉」

「メリアローズさん！」

とっさに情けない悲鳴を上げてしまったメリアローズを背後に庇《かば》うようにして、ウィレムが窓の外を睨《にら》みつける。そこから顔をのぞかせたのは――。

「あっ、やっぱり‼　メリアローズ様、ウィレム様、こちらにいらしゃったんですね！」

「……ジュリア、俺はときどき君が恐ろしくなるよ」

そう呟《つぶや》いたウィレムと、脱力するメリアローズの前で、ジュリアはいつものようににっこりと満面の笑みを浮かべた。

おそらく二階から飛び降りたであろうジュリアは、まったく怪我《けが》を負った様子もなくぴんぴんしている。焦ったようにジュリアの名を呼びながら階段を駆け下りるバートラムの足音を聞きながら、メリアローズは大きくため息をついたのだった。

◆　◆　◆

放課後、やっと屋敷に帰り着き、メリアローズは昼間の疲れを癒《いや》すように存分に愛猫のチャミをもふもふしていた。

今日もメリアローズが持ち帰ってきた大量の花束をどうするか、と相談するメイドたちをぼんやり眺めていると、不意に自室の戸が叩かれた。

「メリアローズ、いいかい？」

聞こえてきたのは、兄のアーネストの声だ。

メリアローズは慌ててチャミを抱いたまま立ち上がる。

「お兄様、何か御用でしょうか」

「あぁ、少し二人で話したいことがあってね。一緒に庭の散歩でもどうだい？」

話したいこと……とは何だろう。

ちらりと侍女のシンシアに視線を送ったが、彼女も思い当たるふしが無いのか、ほんのわずかに首をかしげてみせる。なんにせよ、メリアローズには兄の誘いを断る理由はない。

チャミをシンシアに預け、メリアローズは兄の元へと足を進めた。

庭師たちが丹精を込めて手入れしているマクスウェル公爵邸の庭は、王城の庭園にも劣らないとの評判である。季節の移り変わりによって様々な姿を見せてくれるこの庭を散策するのが、昔からメリアローズは好きだった。

「もう少ししたら、薔薇の花が咲くだろうね」

「えぇ、きっと見事でしょう」

他愛ない話をしながら、庭園の奥へと歩みを進める。

ちょうど休憩用のベンチに差し掛かると、アーネストはメリアローズをその場所へと誘《いざな》う。

メリアローズがそっと腰を下ろすとアーネストも隣に腰かけ、そして口を開いた。

「……メリアローズ」

兄の声色が、先ほどの雑談の時よりも真剣味を帯びた。

これから本題に入るのだろうと、メリアローズはごくりと唾を飲み込む。

「今日は三件、縁談の申し入れがあった」

兄がぼそりと呟いた言葉に、その話だったのね……と、メリアローズは小さく息を吐く。

「もう数えるのをやめたくなるくらいだ。王子との婚約が解消された時から、続々と求婚の申し込みは絶えないよ。釣書の束でキャンプファイアーができそうなくらいにね」

兄は冗談めかしてそう言ったが、メリアローズは笑えなかった。

一時は王子との婚約を隠れ蓑《みの》にそう言った煩《わずら》わしさからは解放されていたが、未来の国王と王妃の信を得た今は、前以上に求婚攻撃に晒《さら》されるようになってしまったのである。

「……メリアローズ。今すぐに、とは言わない。でも、学園を卒業するころには、ある程度の候補は固めておきたい」

「…………はい、わかっております」

メリアローズとて、重々承知している。父は「本当に結婚したいと思える相手ができるまで、ここにいればいい」と言ってくれるが、実際はそうもいかないだろう。

よほどの理由がない限り、貴族の女性でいつまでも未婚というのは世間体が許さないのだ。

メリアローズもそのうちに奇異の目に晒されるようになり、ひいてはマクスウェル公爵家に悪い影響を及ぼしかねない。そろそろ真剣に、自身の婚姻について考える時が来ているのだ。

「メリアローズは、誰か、これぞという相手はいないのかい？」

兄にそう問いかけられ、メリアローズは困ってしまった。

ユリシーズ王子の恋を成就させようと一年間駆け回って、元々の計画とは違ったが、無事に王子とリネットが結ばれるのをメリアローズは見届けた。

しかし、それでも……メリアローズは未《いま》だ自身の恋愛についてはよくわからないままなのだ。

しかし、兄は無理矢理メリアローズの意志を無視して結婚させるようなことはなく、ちゃんと相手を選ぶ自由をくれている。

いや、だからこそ……メリアローズは困っているのだ。

これがいっそ無理矢理相手を決められるようであれば、メリアローズもおとなしく自分の運命を受け入れ誰かに嫁ぐ決心ができたものを。

これぞという相手――一瞬、脳裏に誰かの姿が浮かびかけたが、すぐに霧のように消えてしまった。

メリアローズはそっと目を閉じて、小さく首を振る。

率直に言えば、王子とリネットが羨ましい。

――身分や立場を超えた、熱い想い。

どうしても損得や利害関係を真っ先に考えてしまうメリアローズには、未だわからないものだ。

きっと今メリアローズに求婚している者たちも、メリアローズがマクスウェル公爵家の娘でなければ、求婚などしてこなかったであろう。

「残念ながら、そのような殿方はおりませんの」

「そうか……心が決まったら、いつでも教えて欲しい。可愛い妹を託す相手を、見極めなければならないからね」

アーネストに優しく頭を撫でられて、メリアローズは少しだけ落ち込んでいた気分が上向きになるのを感じた。

◆　◆　◆

しかしながら、メリアローズの苦難は、学園内だけにはとどまらなかったのである。

「メリアローズ様、今日もお美しい」

「私は子爵家の――」

「是非一度我が領地に――」

ひとたびメリアローズが夜会に出れば、まるで砂糖に群がる蟻《あり》のように、貴公子たちがうようよとやってくるのだ。

王子と婚約していた時は、こんなことはなかった。

とりあえず適当に会話をして、申し訳程度に王子と踊っていればそれでよかったのだ。

だが、今はそうもいかない。メリアローズを射止め、マクスウェル公爵家や王子に取り入ろうと、国中の貴公子たちがひっきりなしに集まってきてしまうのだ。

まさか鬱陶《うっとう》しいから引っ込んでろ、と恫喝《どうかつ》するわけにもいかない。

かくして、麗しの公爵令嬢の仮面をかぶったメリアローズは、常々その対処に追われているのだった。一応相手の名前と家柄、基本的な情報などは頭に入っているが、どうしても気もそぞろになってしまう。

なんとか顔に笑みを張り付けて、失礼にならない程度に会話を交わしていると……ふとメリアローズの元に集まっていた者たちが道を空けた。

これは、自分たちよりも身分が高い者が来たということだろう。

一体誰が、とメリアローズは気を引き締めて、そして現れた相手に目を丸くした。

「やぁ、久しぶりだね、メリアローズ」

「まぁ、パスカル様!?」

――スペンサー公爵家の嫡男、パスカル。

まばゆい金髪の長身の美男子であり、ユリシーズ王子ほどではないが王都の娘たちの憧れの貴公子だ。年はメリアローズよりもいくつか上であり、学園を卒業し、既に宮廷に仕える身である。

ここしばらくの間は、近隣諸国へ赴いていたとの話だったが……。

「驚いたよ、君が王子と婚約したとの話を聞いたと思ったら、まさか王子の背中を押すための演技だったなんて」

「まぁ、恥ずかしいわ」

照れた振りをしつつ扇で顔を隠し、メリアローズは「うげっ」と顔をしかめそうになるのをなんとか取り繕った。

同じ高位貴族の者同士、メリアローズとパスカルは今まで何度も顔を合わせていた。

だからこそ、メリアローズはパスカルのことをよく知っていた。

彼は……バートラムに勝るとも劣らない、女たらしなのだ！

社交の場ではいつも違う女性を引き連れており、うっかり逢引《あいびき》の現場に遭遇してしまったこともある。そんなわけで、メリアローズはこのパスカルという男がどうにも苦手だった。

しばらく顔を見なくてせいせいしていたが、ついに帰国してしまったのか……。

パスカルは人好きのする笑顔を振りまきながら、メリアローズの目の前までやって来た。

周りの貴公子たちは、さすがに公爵家の嫡男に逆らう勇気は無いのか、じっと彼の動向を見守っているようだ。

「メリアローズ……随分と綺麗になったね」

「あら、褒めても何も出ませんわよ」

「本心だよ。小さなころから君は芸術品のように美しかったけど、ますます磨きがかかったね」

パスカルはメリアローズの髪を一房手で掬《すく》うと、そっと口付けたのだ。

周囲で見守っていた貴公子や令嬢たちからどよめきがあがり、メリアローズは恥じらう振りをして一歩身を引いた。

——まさかこいつ、私も射程圏内に入れてきたの……⁉

パスカルは女にだらしない男だ。だがその対象は、社交界デビューを済ませた「女性」に絞られており、メリアローズを含め、幼い少女にはそれほど興味がないようだった。

だから、今までメリアローズが彼の毒牙にかかることはなかったのだが……。

「再会の記念に一曲どうだい？」

もちろん、断られるとは微塵《みじん》も思っていないのだろう。

パスカルの笑みには、余裕と……周囲に対する優越の感情がありありと見て取れた。

――……ここで断って恥をかかせてやろうかしら。

彼に泣かされた、幾人もの令嬢を知っているメリアローズはそう考えたが、そうなればマクスウェル公爵家とスペンサー公爵家との間に亀裂が走ってしまう。

いくらなんでもそれはまずいだろう。仕方なく、メリアローズは喜ぶ振りをして彼の手を取った。

女性慣れしているだけあって、彼のエスコートは見事だった。丁寧《ていねい》なだけでなく、どこか女性をどきりとさせるような、色気のようなものを遺憾なく発揮してくるのだ。

「メリアローズ、見てごらん。皆がこっちを見ているよ」

必要以上に顔を近づけながら耳元でそう囁《ささや》かれ、メリアローズは思わず顔をしかめそうになるのを、なんとかこらえた。

時折事故を装って抱き寄せるなど、この男はいちいちスキンシップが激しい。

彼の本性を知っているメリアローズだからよかったものの、耐性のない令嬢が見目麗しい貴公子にこんな態度を取られれば、すぐにころっと落ちてしまうだろう。

早く終われ……と念じながら、メリアローズはひたすら愛しのチャミを思い浮かべ、引きつりそうになる表情を笑顔に変えていた。

「君は本当に綺麗になったね。他国にも美しい女性はたくさんいたけれど、君に並ぶ者はいないだろうな」

「あら、そんなことはないでしょう。わたくし、皆が取り合う美姫の噂《うわさ》をよく耳にしますもの」

「噂だけさ。実態は大したことはないよ。それに比べて君は――」

パスカルの口説き文句も右から左へと流れていくようだった。

どうせ、どの相手にも同じことを言っているのだろう。そんな冷めた思考の中で、何度目かのターンの際に、メリアローズの視界にパスカルよりも淡い金髪が映り込む。

それは、メリアローズのよく知る色だった。

「……ウィレム」

「ん？　何か言ったかい？」

パスカルが何か話しかけてきたが、もうメリアローズの耳には入らなかった。

あの色は、間違いなくウィレムの髪の色だった。

彼が今日の夜会に参加するとは聞いていない。ウィレムは伯爵家の三男であり、本人もあまりこういった場が好きではないようで、夜会に出ても彼と遭遇することはほとんどなかった。

――どうして、ウィレムが……。

どうして彼が今日の夜会に来ているのかはわからないが、急にメリアローズの心に焦りが生じ始めた。何故だか、こんな風にパスカルと接近して踊っている場面を、彼には見られたくないと思ってしまうのだ。

人ごみの向こうにいるウィレムは、メリアローズに背を向けたままどんどん遠くに歩いていってしまう。

――待って、行かないで……！

もうパスカルのことなどは意識から外れ、メリアローズは必死にその背中を目で追っていた。

そして曲が終わった途端、メリアローズはすぐさま駆け出した。

「ごめんなさい、知り合いを見つけたので……！」

「メリアローズ！」

背後からパスカルの引き留めるような声が聞こえたが、メリアローズは振り返らずに走り続けた。

ウィレムはどんどんと進み、会場の外に出て行ってしまったようだ。

メリアローズも慌てて会場から飛び出すと、なんとかその背中を見つけることができた。

「ウィレム、待って！」

自分でもどうしてこんなに必死になるのかわからずに、メリアローズは彼に走り寄り、思わずその腕にしがみついていた。

「ウィレム！　どうしてここに――」

「えっ？」

驚いたようにメリアローズを振り返ったその顔を見た途端、メリアローズは絶句した。

「…………えっ？」

髪の色も、顔立ちも確かにウィレムによく似ていた。

だが……よく見ると彼はウィレムではなかったのだ。

年のころは二十代半ばくらいだろう。

ウィレムよりも若干大人びた顔立ちで、体つきも鍛えられた大人の男のものだ。

――まさか、人違い!?

髪の色と雰囲気だけで人違いをし、馴れ馴れしく腕にしがみついてしまうなど……どう考えても、公爵令嬢としてはあり得ない失態だ。

メリアローズは事態を悟って一気に恥ずかしくなり、一瞬で頬に熱が集まった。

「も、申し訳ありません、私……!」

「あの……マクスウェル家のメリアローズ嬢、ですよね？」

名を呼ばれ、とっさにメリアローズが顔を上げると……その青年は怒ることもなく、優しい瞳でメリアローズの方を見つめていたのだ。

ウィレムによく似た顔で優しく微笑まれ、メリアローズは思わずどきりとしてしまう。

「私のことを、ご存じなのですか？」

「はい、あなたは有名ですから。それに、弟から話は聞いています」

「弟……？」

ということは、もしかして……。

ぽかんとするメリアローズの前で、青年は完璧な騎士の礼を取ってみせたのだ。

「初めまして、メリアローズ様。ウィレムの兄の、アンセルム・ハーシェルと申します」

「アンセルム……まさか、聖騎士アンセルム様!?」

――聖騎士アンセルム
その名は、今王都の中で徐々に有名になりつつあるものだ。

優れた騎士に与えられる称号である「聖騎士」を若くして賜った青年がいる。

その噂はもちろんメリアローズも知っていた。

だが、アンセルムの名が独り歩きし、家名の方にまで注意を払っていなかったのである。

まさか、ウィレムと同じくハーシェル家の者だとは。しかも、先ほどの言い方からして、おそらく彼はウィレムの兄なのだろう。

驚くメリアローズに、アンセルムはウィレムによく似た顔でくすりと笑ってみせる。

「ええ、畏れ多くも、『聖騎士』の称号を賜っております」

「その、失礼ですが……ウィレムの、お兄様なのですよね？」

「はい、弟は随分と貴女に熱を上げているようですね」

——熱を上げている、ですって⁉

アンセルムがとんでもない勘違いをしているようなので、メリアローズは慌てた。

「ち、違うのです！　ウィレムはその、友人であって——」

元々メリアローズとウィレムが行動を共にするようになったのは、大臣の企画した「王子の恋を応援し隊」の活動を通してだ。その中で様々な妨害などもあり、気がつけばウィレムはメリアローズの護衛のように振舞うようになっていた。

確かに、学園の中でも彼がメリアローズを狙《ねら》っているなどと揶揄されることはある。

だが、まさかウィレムの兄にまでそんな風に思われているとは……。

途端に恥ずかしくなって、メリアローズは俯きつつも、ぼそぼそと訂正を繰り返した。

「ウィレムは、その……わたくしが頼りないから、傍にいてくれるだけであって……」

まさかウィレムも、実の兄弟にそのように勘違いされているとわかれば、気を悪くするだろう。

彼は別にメリアローズに熱を上げているわけではなく、ただメリアローズが不甲斐《ふがい》ないので守ろうとしてくれているだけなのだ。今のうちに訂正しておかねば。

ますます必死になるメリアローズに、アンセルムはくすくすと笑っている。

ウィレムとよく似た、それでいて大人の余裕を漂わせるアンセルムに、メリアローズは柄にもなくどぎまぎしてしまう。

だが、そんな中聞きたくない声が聞こえてきて、メリアローズは思わず身を強張らせた。

「メリアローズ‼」

聞こえてきたのは、あのパスカルの声だった。

まさかここまでしつこく追いかけてくるとは思わなかったので、メリアローズは慌ててきょろきょろとあたりを見回す。

だが、不幸なことにここは長い廊下の途中で、近くに逃げ込めそうな場所はない。

パスカルに捕まれば、また厄介《やっかい》なことになるだろう。

「大丈夫、任せてください」

そんな時アンセルムに声を掛けられて、メリアローズはおずおずと彼の方を振り返る。

すると、いきなり強く抱き寄せられ、軽く壁際に押し付けられたのだ。

「なっ……⁉」

「静かに」

耳元でそう囁かれ、メリアローズは破裂しそうな鼓動を感じながら、アンセルムに身を預けるようにして縮こまった。

すると、メリアローズを隠すようにぱさりと彼のマントが頭から背中に掛けられたのがわかった。

戸惑うメリアローズの元に、パスカルの声と足音が聞こえてくる。

「メリア――おや、貴殿は……アンセルム卿か」

「ええ、ご無沙汰しております。パスカル殿」

どうやら彼とパスカルは既知の間柄らしい。

和やかに挨拶《あいさつ》を返すアンセルムに対して、パスカルは苛立ちを隠そうともしていない。

「失礼だが、マクスウェル家のメリアローズ嬢を見なかったか？　こちらの方へ来ているはずだが」

「いえ、見ていませんね。もうお帰りになられたのでは？」

「そうか……ん？　そちらの女性は？」

――気づかれた……！

身を固くするメリアローズを、アンセルムは落ち着かせるように抱き寄せた。

「……お互い、余計な詮索はやめませんか？　パスカル殿」

「なるほどな、さすがは聖騎士殿。隅に置けないことで」

どうやらアンセルムが密会を装い、うまくメリアローズの姿を隠してくれたおかげで、パスカルは一緒にいるのがメリアローズだとは気づいていないようだ。すぐに、その場から立ち去る足音が聞こえた。

しばらくして、アンセルムがそっとメリアローズに声をかける。

「行きましたよ」

その声で我に返ったメリアローズは、自分がアンセルムに抱き着いているような形なのに気がつき、慌てて身を引いた。

「も、申し訳ありません……！　私、なんてこと――」

「いいえ、お気になさらずに。こちらこそとんだご無礼を」

「そんな、助かりましたわ」

彼のおかげで、パスカルに見つからずに済んだのだ。

そう礼を言うと、ふとアンセルムは真面目な表情になる。

「……パスカル殿には、あまり良い噂を聞きません。ご用心を」

「ええ、存じております。ご忠告感謝いたしますわ」

やっと落ち着きを取り戻したメリアローズが、完璧な淑女の礼を披露すると、アンセルムは感心するように目を丸くした。

「なるほど、ウィレムが貴方に入れ込む理由がわかった気がします」

「だ、だからそうではなくて……！」

「ふふ、今日は弟も連れてくるべきでしたね。あいつはあまりこういう場には顔を出しませんが、貴女の危機となればすっ飛んでくるでしょうから」

からかうようにそう言われ、メリアローズは自分でも顔が赤くなっているのがわかった。

彼がウィレムによく似ていて……それでいて、どこか大人の色気のようなものを纏っているからだろうか。

どうにも、彼の前だと調子がおかしくなってしまうのだ。

慌てふためくメリアローズにくすりと笑い、アンセルムは手を差し出す。

「よろしければ、今宵は弟の代わりに貴女の護衛を務めさせていただきたいのですが」

「ですが、アンセルム様。夜会の方は……」

「いいのです。俺も弟と同じく、あまりこういう場は得意ではないのです。上司の勧めだったのでとりあえず顔を出しましたが、もう義務は果たしたかと」

その明け透けな言い方に、メリアローズは思わず笑ってしまった。

どうやら見た目だけでなく、中身の方もアンセルムとウィレムはよく似ているようだ。

だからこそ、メリアローズはアンセルムに対し安心して身を任せることができたのかもしれない。

「それでは、よろしくお願いします。聖騎士様」

彼と並んで歩きながら、メリアローズは自然とウィレムのことを考えていた。

あと数年もすれば、ウィレムもアンセルムのような立派な大人の男に成長するだろう。

その時のことを考えると……何故だか無性に恥ずかしくなってしまうのだった。

◆　◆　◆

アンセルムのおかげで、なんとかパスカルから逃げ切り、メリアローズは事なきを得た。

しかしあのパスカルの態度は異常だった。彼は酷《ひど》い女好きであり、見境なく令嬢たちに手出しはしていたが、一人の相手を追いかけたりするようなことはなかったはずだ。

なのに、昨夜はメリアローズを追いかけてきた。あのパスカルが、逢引でもないのに夜会を途中で飛び出すなんて考えにくい。どうにも不可解である。

――いったい、なんなのかしら……。

まさか本気でメリアローズに惚れたとは考えられない。

他国に赴く前の彼は、会うたびにメリアローズを褒めはしたが、あそこまで熱心に迫られたことはなかったのだ。あの態度、何か裏があるとしか思えない。

――また厄介なことにならないといいのだけれど……。

ため息をつきつつ、いつものように校門をくぐる。

王子の牽制があったばかりなので、普段より群がってくる生徒は少ない。それでもしつこく花束を押し付けてきた生徒に疲れながら、メリアローズは校舎へ向かって足を踏み出した。

すると、これはまた見覚えのある姿が目に入り、思わずどきりとしてしまう。

「……ウィレム」

学園の制服を身に纏っていることから、今度は見間違いじゃない。

間違いなくメリアローズの知るウィレムだろう。

ウィレムはいつにもまして真剣な表情で、まっすぐにメリアローズの方へと歩いてくる。

「メリアローズさん。少し、話が」

儀礼的な挨拶すらせずに、メリアローズの目の前までやって来たウィレムはそう告げた。

ちらりと時計を見ると、まだ始業時刻には余裕がありそうだ。

「ええ、いいわよ」

メリアローズがそう答えると、ウィレムは何も言わずにメリアローズが持っていた花束と鞄を奪い、つかつかとどこかへと歩き出した。

慌ててその後を追うメリアローズの耳に、女生徒たちの小さな囁きが聞こえてくる。

「ねぇ、やっぱりウィレム様もメリアローズ様のことが――」

「でも、バートラム様もよくメリアローズ様と一緒にいらっしゃるわ」

「いいなぁ。私もあんなふうにイケメンに囲まれてみたーい」

――よくない！　全然よくないから‼

悪役令嬢を演じていた時は、ああやって噂されることがそれなりに快感でもあった。

自分は理想の悪役令嬢になっているのだと、メリアローズはよく悦に入っていたものである。

だが、その気もないのに誤解でひそひそされるのは……中々気が重い。

少女たちの囁きを振り切るように、メリアローズは早足でウィレムの背中を追った。

「兄さんから聞きました。昨夜のこと」

校舎と校舎の間、中庭の一角に備え付けられたベンチに並んで腰かけて。

ウィレムが開口一番呟いた言葉は、おおむねメリアローズの予想通りだった。

「ええ、アンセルム様にはご迷惑をおかけしてしまったわ。まさかあなたのお兄様だったなんて」

「……スペンサー家のパスカルが、あなたを執拗《しつよう》に追いかけていたと」

「きっと、気まぐれよ。私にその気がないことがわかれば、すぐに他の女性の所に行くわ」

本当はまだ不安があったが、メリアローズは努めて気丈にそう告げた。

ウィレムは、必要以上にメリアローズのことを気にかけている。

そのせいで事実無根の噂を立てられており、彼の兄までそんなことを言い出す始末なのだ。

――きっと、これ以上はいけないわ。

ウィレムは優しいから、嫌な噂を流されてもメリアローズの傍にいてくれる。

それはきっと、いつまでもメリアローズが頼りないせいだろう。

でも、彼の為を思えば、今の状況はよくないものだということはわかる。

メリアローズとて、ウィレムが女生徒に人気があるということくらい知っている。

もしかしたら自分は……本当にウィレムにふさわしい相手が、彼に近づくのを邪魔しているのかもしれない。そう考えると、メリアローズは少し怖くなってしまうのだ。

「パスカルについては、いくつか悪い噂を耳にしています」

「奇遇ね、私もよ」

「……メリアローズさん、俺は真剣です」

少し苛立ったようにそう言われ、メリアローズは思わず肩を跳ねさせた。

「兄さんが言ってました。貴女はとても無防備だと」

「そ、そんなことないわ‼」

「……誰かと間違え、いきなり兄さんの腕にしがみついたそうですね」

「っ……！」

まさかそんなことまで知られているとは……。メリアローズの頬に一気に熱が集まる。

昨夜メリアローズは、てっきりウィレムだと勘違いして、いきなりアンセルムの腕にしがみついてしまった。だがよく考えれば、相手がウィレムだったとしても、いきなり腕にしがみつくなどありえない行動だ。

昨夜の自分はどうかしていたとしか思えない……！

「……誰と間違えたのか知りませんけど、もう少し相手に注意を払うべきです。大抵の男は、あなたのような女性に触れられれば、それだけで道を踏み外しかねないですから」

どこか不貞腐れたようにそう告げたウィレムに、メリアローズはまさか……と目を見開いた。

もしやウィレムは、メリアローズがアンセルムのことを「ウィレム」と勘違いしたとは気づいていないのでは？

だとしたら不幸中の幸いだ。

まさか本人に「あなたと間違えて初対面の相手にしがみついてしまいました」なんて知られてる

としたら、今すぐ学園の池に飛び込みたくなるような気分になってしまう。

だが、それが他人だと思われているのなら、まだ校舎の壁に頭を打ち付ける程度で済みそうだ。

「だからもう少し自覚を――って、なに嬉しそうにしてるんですか」

「えっ？」

「え、じゃないですよ。ちゃんと俺の話聞いてましたか⁉」

「えぇと……今日の学食の日替わりメニューの話だったかしら」

「メリアローズさん……！」

いきなりウィレムに強く肩を掴《つか》まれて、メリアローズは慌てた。

「場を和ませるためのちょっとした冗談よ！」

「真剣な話をしてる最中に場を和ませないでください！　まったく、あなたはいつも……」

これはお説教か……⁉　とメリアローズは緊張したが、何故かウィレムは肩に置いた手を背中へ滑らせ、メリアローズを片手で抱き寄せたのだ。

「ふぁっ⁉」

彼の温度を感じた途端、メリアローズの鼓動は爆発しそうになってしまう。

昨晩、彼の兄――アンセルムに、同じように抱き寄せられた時よりも、ずっと。

一体なぜ、ウィレムはこんなことをするのか⁉

昨晩のアンセルムは、メリアローズをパスカルから庇うようにしてくれた。

しかしここは学園。パスカルがわざわざやってくるとは考えにくい。では何故⁉

ぐるぐると大混乱に陥るメリアローズの耳元に、ウィレムの低くかすれた声が響く。

「無防備で、放っておけなくて、手を離せばすぐにどこかに連れていかれそうで……」

「ひぅ……！」

耳元でダイレクトに囁かれる言葉に、腰が砕けそうになってしまう。

こんな風になるのは初めてで、メリアローズはただただ目の前の青年に翻弄《ほんろう》されていた。

「メリアローズさん」

顔をあげれば、すぐ目の前に――鼻先が触れ合いそうなほど近くにウィレムの端正な顔が見える。

それだけで、メリアローズの頭は沸騰《ふっとう》寸前だった。

名を呼ばれるだけで、体が熱くなる。

その美しい翡翠の瞳に見つめられると、体も心も溶けてしまいそうになる。

「俺は……」

彼の熱い吐息が、熱のこもった視線が、メリアローズを絡めとって離さない。

そして――。

無情にも、始業の時を知らせる予鈴が学園に鳴り響いた。

二人は数秒そのまま見つめ合い、そして同時に気づいた。

「「遅刻‼」」

これでも二人は優等生と呼ばれるような成績を保っていた。意味もなく遅刻すれば、教師の心証が悪くなってしまう。それは避けたい。

二人は即座に体勢を立て直し、お世辞にも優雅とはいえない全力ダッシュをしたのであった。

◆　◆　◆

放課後の学園内。いつものように群がる求婚者たちから逃げながら、メリアローズは大きくため息をついた。王子とリネットがあのわざとらしい芝居を披露した後でも、メリアローズを射止めんと挑んでくる者は存在する。

多少リスクを冒しても、マクスウェル家のご令嬢を手に入れたいということなのだろう。

「…………はぁ」

……時折、考えてしまうのだ。もしも自分がマクスウェル家の娘でなかったら、いったいどんな人生を歩んでいたのだろうか、と。

もちろん、マクスウェル家に不満があるわけではない。

立派な父に、穏やかで美しい母。優しい兄に、申し分のない働きぶりの使用人たち。

何もかもが一流の家だと自負しているが、だからこそ考えてしまうのかもしれない。

――私がマクスウェル家の娘でなかったなら、きっと誰も見向きもしないわ。

だが心が沈みかけた時、不意に別の声が蘇る。

『確かに、悪役令嬢メリアローズはただ公爵家に生まれただけの、高慢で嫌な奴だったのかもしれません。でも――』

『でも……本当のあなたは違う』

今のように、人気のない廊下で……ウィレムに言われた言葉が頭の中でこだまする。

その途端頭がぽぉっとして、メリアローズは無意識に両手に抱えていた花束を抱きしめた。

ウィレムはいつも、メリアローズが悩んでいると、優しい言葉で慰めてくれた。

ただの気休めだったのかもしれない。メリアローズを怒らせると厄介なので、お世辞を言っただけなのかもしれない。それでも……メリアローズは確かに彼の言葉に救われていたのだ。

彼だけは、マクスウェル公爵家の娘としてではなくて、本当のメリアローズを見てくれているのではないか……。そんな、馬鹿みたいな妄想を抱いてしまうのだ。

「何考えてるの、私は……！」

恥ずかしくなって慌てて別のことを考えようとしたが、思考はどんどん甘い記憶に沈み込んでいく。

『本当のあなたは、誰よりも努力家で、お人好しで、高潔で……』

『それに……誰よりも綺麗だ』

同じようなことを言われたことは何度もある。なのに、何故か相手がウィレムだと言うだけでそのあたりを転げまわりたくなるほど恥ずかしくなってしまう。

もう耐えられなくなって、メリアローズは近くの柱に軽く頭突きした。

それでも、顔が勝手ににやけてしまうのだ。

あの時、驚くほど近くにウィレムがいた。そして、今朝も……。

『無防備で、放っておけなくて、手を離せばすぐにどこかに連れていかれそうで……』

――もしあのまま、鐘が鳴らなかったら……。

いったいどうなっていたのだろうか。ほとんどゼロに近かった距離が、もっと近づいたら……。

「だ、駄目よそんなのっ……！」

――ふしだらよ！　はしたないわ‼

顔だけではなく、もはや全身が沸騰しそうだった。

いったい自分は何を考えているのか。まさかウィレムが、あの場でメリアローズにキキキ、キスしようとしていたなんて……！

「そんなことあるわけないじゃない‼」

そうだ。別に彼はメリアローズに恋をしてるわけではない。

だから、キキキキ、キスなんてしようとするはずがないのだ……！

――でも、だったらどうして？

あんなに顔を近づけて、彼は何をしようとしていたのか⁉

『そりゃあ、キスしかないだろ。もしかしたらその先も……』

『そんなはずがありません！　ウィレムは立派な貴公子なのです！　学園内で許しも得ずにキスなんて、不埒《ふらち》な真似をするはずがありませんわ‼』

大混乱するメリアローズの脳内で、悪魔（何故かバートラムの姿をしていた）と天使（何故かリネットの姿をしていた）が盛大な論争を始めてしまう。

『素直になれよ、メリアローズ。ウィレムに抱きしめられた時どう思った？』

『違います！　きっとメリアローズ様の髪に何か付着していて、それを取ろうと思っただけなのです！　芋けんぴとか‼』

『芋けんぴ？　お腹すきましたー』

何故か二人の論争にジュリアまで参加し始めて、メリアローズの脳内はもはやカオス状態だ。

『ほら、認めろよ。ウィレムにキスして欲しかったんだろ？』

天使リネットがジュリアに纏わりつかれている間に、悪魔バートラムの甘い囁きが頭の中にこだまする。

――ウィレムは私にキスしようとしてた？　そ、そんなことって……！

「ひゃあぁぁぁぁ……‼」

遂に恥ずかしさが頂点に達して、メリアローズが窓ガラスにガンガン頭をぶつけ始めた。

「ウィレムの馬鹿！　ばかばか‼」

「おいっ、大丈夫か⁉」

その時背後から慌てたように声を掛けられて、メリアローズは0．1秒で態勢を立て直した。

「失礼、ガラスの耐久度を試しておりましたの」

常に優雅に。それがマクスウェル家の令嬢の在り方だ。

何事もなかったように、優雅に髪を払いそう告げると、目の前の相手は驚いたように目を丸くした。

「なるほど、君は相変わらずおもしろいな」

思わぬ言い方に、今度はメリアローズの方が驚く番だった。

まじまじと相手を見つめて、そこで初めて、メリアローズはその相手が誰なのかに気づいたのである。

メリアローズの目の前に立っていたのは、この学園では見たことのない青年だった。

艶やかな黒髪に、理知的な銀の瞳。ユリシーズに引けを取らないほどの、高貴さを漂わせる青年がそこにはいたのだ。そして、メリアローズは彼を知っていた。

「あなたは……ロベルト殿下⁉」

何年か前の……隣国の王族を招いての晩餐会《ばんさんかい》。

その場で、メリアローズは彼と顔を合わせたことがあったのだ。

「あぁ、久しいな、メリアローズ嬢」

そう言って、隣国の王子――ロベルトは誰もが見惚れそうな笑みを浮かべた。

ロベルト王子は、隣国ユウェル王国の第二王子である。

ここクロディール王国と、同盟国であるユウェル王国は古くから親交があり、頻繁に双方の王族が行き来し親交を深めていた。

メリアローズも何度か王宮で開かれた歓迎会に出席したことがあり、そこでこのロベルト王子にも挨拶をしたことがあったはずだ。

しかし、何故彼がここに……。

混乱するメリアローズを見て、ロベルトはくすりと笑う。

「君は……随分と綺麗になったな。驚いたよ」

「えっ!?」

「マクスウェルの至高の薔薇……なるほど、公爵が手放したがらないのももっともだ」

驚くメリアローズの元に、ロベルトが距離を詰めてくる。

至近距離にロベルトの美しい顔が見えて、メリアローズはじわりと頬に熱が集まるのを感じた。

そんな時、足早に廊下を駆けてくる音が聞こえてくる。

「あっ、いたいた。ロベルト、探したよ」

「ユリシーズか。どこに行っていた？　急に姿が見えなくなったから何かと思ったぞ」

「それはこっちの台詞でって……メリアローズ？」

やって来たのは、メリアローズもよく知る王子とリネットの二人だった。

見知った顔の登場に、メリアローズはほっと胸をなでおろす。

「まったく、お前がいなくなるのでメリアローズ嬢に案内を頼もうかと思っていたのだが」

「いなくなったのは君の方じゃないか。悪かったね、メリアローズ」

「いえ、それよりも……」

ちらりと目配せすると、リネットは素早くメリアローズの意図を察知し、疑問に答えてくれた。

さすがは一年間メリアローズの腹心をやり遂げたフォローの女神である。

「メリアローズ様、こちらのロベルト殿下は留学生として、この学園に編入されることになりまして、わたくしとユリシーズ様で校内をご案内させていただいていたのです」

「編入……まぁ、そうだったの」

何故隣国の王子がこんなところにいるのか不思議だったが、まさか留学とは。

両国の歴史から考えれば、決しておかしなことではない。

これはまた騒がしくなりそうね……と、メリアローズはちらりとそんなことを考えた。

「よろしければメリアローズ嬢、貴女も共に学園を回らないか？　久しぶりに話したいこともあるので」

「えぇ、喜んでご一緒させていただきますわ」

ユリシーズの隣のリネットが明らかに緊張を隠せない状況だったので、メリアローズはにっこり笑ってそう答えた。

これで、少しでもリネットをフォローすることができるだろう。

「では、参りましょう」

それにしても、ダブル王子と将来の王妃と共に学園散策とは。

これは目立つでしょうね……と、メリアローズは内心でこっそりため息をついたのだった。

四人で学園を歩くと、誰しもがこちらを振り返る。

それも当然だ。

輝ける王子であるユリシーズに、シンデレラのごとく彼に見いだされたリネット。

それに、学園の生徒からすれば「あの高貴なオーラを漂わせるイケメンはいったい誰なの

「……!?」とでも言いたくなるようなロベルト王子である。

メリアローズたちが通りがかると、生徒たちは驚いたようにこちらに釘《くぎ》付けになり、そして彼らの放つロイヤルオーラにあてられたように、ぽぅっと夢見心地になっていくのだ。

少し歩いたところで一旦休憩しようということになり、四人は学園内のカフェテラスに腰を落ち着けることにした。

ユリシーズがリネットをエスコートするようにして椅子を引き、彼女をそこへ座らせる。

となると、自然とメリアローズとロベルトが隣あう席へと座ることになる。

ロベルトに優雅にエスコートされながら、メリアローズは小さく息を吐いた。

「あぁ、遅くなったが婚約おめでとう、ユリシーズ。レディ・リネット、噂以上に素晴らしい女性だ。いい相手を捕まえたな」

隣国の王子に正面から褒められて、リネットは一瞬で真っ赤になった。

そんな彼女を愛《いと》おしそうに眺め、ユリシーズはいつものロイヤルスマイルを浮かべている。

「ありがとう、ロベルト。君の方はどうなんだい？」

ユリシーズの問いかけに、ロベルトは小さく頭を振った。

「中々運命のお相手には巡り合えなくてね。少しこちらの国にも足を伸ばすことにしたんだ」

近くのテーブルから、ちらちらとこちらを気にする女生徒にロベルトが手を振ると、彼女らは「きゃあああぁぁぁぁ!!」と黄色い声を上げて気絶した。

なるほど、ファンサービスにおいてはユリシーズよりも丁寧なのかもしれない。向こうの国の王子は。

　ロベルト殿下に人気が集まれば、ウィレムに群がる女生徒たちの数も減るかしら……とぼんやり考えていたメリアローズは、急に話を振られて焦ってしまう。

「……の時は、随分活躍されたそうだな、メリアローズ嬢は」

「は、はい……」

　何のことかわからず適当に返事をしてしまったが、すかさずリネットがフォローを入れてくれた。

「ええ、メリアローズ様のおかげで、私はユリシーズ様にお近づきになることができたのです」

「そうだね、君には感謝してもしきれないよ」

　どうやらユリシーズ王子とリネットの馴《な》れ初《そ》めの話だったらしい。

　しかし、隣国のロベルトまでその話を知っているとは……。メリアローズは一気に恥ずかしくなった。

　そんなメリアローズに追い打ちをかけるように、ロベルトはにっこりと笑って口を開いた。

「我が国にも届いてるよ。王子と友人の為に一芝居打った、心優しい公爵令嬢の美談は」

「そ、そんな……」

　ストレートにそんなことを言われ、メリアローズは今すぐ消えたくなった。

　他者からすれば美談だとしても、メリアローズにとってその話は心の地雷であったのだ。

　恥ずかしい。ただただ恥ずかしい。

　頼むから触れないでちょうだい！　……と、メリアローズは必死に話題を逸らそうと頭を回転させる。

「そうだわ、ロベルト殿下。エリス王女殿下はお変わりございませんか？」

「あぁ、今も元気いっぱいだよ。ユリシーズ、お前が婚約したと聞いた時は随分驚いていたが……」

「そうだね、リネット。一度、ユウェル王国の方にも正式に挨拶に行こうか」

「は、はいぃ……」

ロベルトの妹君である王女の話題を出したことで、なんとかメリアローズの触れられたくない話は去ったようだ。

緊張気味にロベルトと会話を交わすリネットを眺めながら、メリアローズは小さく微笑んだ。

◆　◆　◆

社交シーズンを迎え、メリアローズは日々舞踏会や晩餐会に忙殺されていた。

学園の生徒たちの中には学業そっちのけで、この時期に遊びまわる者もいるようだが、メリアローズは学生の本分は勉学であると思っていた。

もちろんどちらもおろそかにしたくはなかったので、昼は学業、夜は社交と気が抜けない生活を送っていたのである。

――仕方ないわ。どちらも捨てられないんだもの。

マクスウェル家の娘である限り、社交を投げ出すことはできない。

かといって、学園の成績が下がるようなことがあれば、それもマクスウェル家の恥だ。

「素敵です、お嬢様！」

今もメイドたちに着付けを任せ、これから夜会に繰り出すところである。

鏡を覗《のぞ》くと、ふんわりとした淡い金糸雀《カナリア》色のドレスを身に纏った、美しい令嬢の姿が映っていた。

少し疲れがたまっていたのか、ぼぉっとしている間にドレスアップが完了していたようである。

ふむ、と鏡で自身の姿を確認していたが、さすが公爵家選りすぐりのメイドたちである。

見事なメイク技術で、疲れた顔をカバーしている。ぱっちりとした瞳に、艶やかな唇。それに、みずみずしい乙女の美肌が完璧に演出されていたのである。

「きっと、どの殿方もお嬢様に夢中になりますわ！」

「そうね……ありがとう」

できればあまり夢中になって欲しくはないのだが……一生懸命着飾ってくれたメイドたちの前で、そんなことは言えるはずはない。

メリアローズはにっこり笑って彼女たちに礼を言い、扇で口元を隠しそっとため息をついた。

メリアローズはもうすぐ十七歳。順調にいけば、学園を卒業する年だ。

さらに勉学に励みたい者は上級課程である大学に進むという選択肢もあるが、ほとんどの女生徒はそうすることはない。

在学中に相手を見つけ、卒業と同時に婚約もしくは結婚、というパターンも多いのだ。

メリアローズは演技の為にユリシーズと婚約（仮）を結び、そして円満に解消した。

つまり、今のメリアローズがフリーだということは、国中に知れ渡っているのだ。

だからこそメリアローズがひとたび社交の場に出れば、誰か相手を見つける前に自分こそが……と、チャレンジ精神旺盛な貴公子たちが殺到するのである。

――まぁ、普通の相手なら簡単にあしらえるのだけれど。

ここ最近メリアローズを悩ませているのは、その「普通の相手」ではなかった。

「ねぇシンシア。今夜の舞踏会、パスカル様はいらっしゃるかしら」

さりげなくそう口にすると、侍女のシンシアは極めて事務的に答えてくれた。

「はい、参加されると伺っております」

やっぱりかー、と、今度こそメリアローズは大きくため息をついてしまった。

そう、メリアローズを悩ませているのは、以前執拗にメリアローズを追いかけてきた男――スペンサー公爵家のパスカルなのである。

メリアローズは単にあの夜たまたまパスカルがそういう気分だっただけで、次の機会には別の女性を追いかけているのだろうと思っていた。だが、そうはいかなかったのである。

パスカルは夜会大好き男だ。

メリアローズが参加する夜会には、たいてい彼も参加している。そして厄介なことに……彼は毎度毎度、何故か強引にメリアローズにアプローチを仕掛けてくるのだった。

悔しいことに、社交会での彼は、メリアローズ以上に場慣れしていると言ってもよい。

だからこそ、恐ろしい。メリアローズもなんとかパスカルから距離を置こうと頑張っているのだが、奴はそんなバリケードを容易に潜り抜け近づいてくるのだ。

最近では、メリアローズとパスカルが婚約間近、などという噂も流れ始め、メリアローズは辟易《へきえき》していたのである。

「お嬢様、いっそお休みされては……」

「駄目よ。私はマクスウェル公爵家の娘なの。ここで逃げるわけにはいかないわ」

メリアローズが怠惰な娘だと見られれば、それはマクスウェル家全体の評判に影響を及ぼしかねない。多少無理をしてでも、メリアローズは完璧な令嬢であらねばならないのだ。

「お嬢様……」

「大丈夫よ、シンシア。だって私は悪役令嬢だって完璧にこなしてみせたのよ」

そう言って胸を張ってみせたが、シンシアの表情は曇ったままだった。

◆◆◆

メリアローズが舞踏会に姿を現すと、すぐさま周りに人が集まってくる。

話しかける人々に笑顔で応えながら、メリアローズは慎重にあたりを見回した。

……よし、パスカルの姿はないわ！

今夜はあの迷惑男のことを気にせずに済む、と考えると、自然と笑みが零れ落ちる。

「メリアローズ嬢、何か良いことでもあったのですか？」

「ふふ、なんだと思います？」

今目の前にいるのは……王宮勤めの子爵家の青年だったか。何度かさりげなくアプローチを受けている相手ではあるが、パスカルに比べたら遥《はる》かに御《ぎょ》しやすい相手だ。

あの厄介なパスカルに比べれば、こんなのイージーモードよ！　……と上機嫌で微笑むと、その途端に子爵家の青年は顔を赤くした。

「こ、今宵の貴女は……一段とお美しいですね……」

「あら、お上手ですのね」

あのパスカルだったら、更にねちっこく迫ってくるところであるが、目の前の青年はぽぉっとした表情でしどろもどろになっているようだ。

その隙を狙ってか、更に別の貴公子が話に入ってくる。彼らを適当にあしらいながら、メリアローズは扇で口元を隠し、にやりと口角を上げたのだった。

——あぁ、パスカルがいないだけでこんなに楽なんて‼

悪役令嬢の時の癖で、勝利の高笑いを披露しそうになったが、慌てて喉の奥へと飲み込む。

——いけないいけない。今の私は公爵令嬢メリアローズなのよ！

今思えば、悪役令嬢を演じるのはそれなりにストレス発散になっていたのね……とメリアローズが昔を懐かしんだ時、ふと会場の入り口が騒がしくなった。

「見て、アンセルム様がいらっしゃったわ！」

貴族令嬢たちの黄色い歓声に、メリアローズは興味を惹かれそちらを振り返る。

なるほど、そこにはシックな黒の騎士服を身に纏った男性——以前メリアローズを助けてくれた、アンセルムがいたのだ。

『いいのです。俺も弟と同じく、あまりこういう場は得意ではないのです。上司の勧めだったのでとりあえず顔を出しましたが、もう義務は果たしたかと』

以前彼が言っていた言葉を思い出し、メリアローズはくすりと微笑んだ。

彼もあの人好きのする笑顔の裏では、メリアローズのようにこの状況に辟易していたりするのだろうか。

「アンセルム様がいらっしゃるなんて……来てよかった！」

「今夜はどなたかと踊るのかしら……？」

どうやらアンセルムはうら若き乙女たちの間ではかなりの人気を誇っているようだ。

若くして「聖騎士」の称号を得た貴公子。しかも容姿端麗、実力も申し分なく、出世街道を驀進《ばくしん》している。そりゃあ人気が出るでしょうね……と遠巻きに眺めていると、メリアローズはふと彼の背後が騒がしいことに気がついた。

「アンセルム様、こちらの御方は……？」

「はい、今日は弟も連れてきたんです。後学の為にね」

アンセルムに群がる乙女たちの後方……そこに現れた人物を見て、メリアローズは思わずぽろりと扇を取り落としてしまった。

「まぁ、アンセルム様の弟君でいらっしゃるのね！」

「お兄様によく似ていらっしゃるわ……！」

きゃあきゃあと嬉しそうにはしゃぐ令嬢たちに囲まれているのは……まぎれもなく、メリアローズがよく知る人物――ウィレムであったのだ。

「ウィレム……!?」

小さくつぶやくと、まるでその言葉が届いたかのように……確かにウィレムはこちらを向いた。

アンセルムと共にやって来たのは、正にメリアローズのよく知る王子の取り巻きの青年だった。

メリアローズは驚きのあまり、落とした扇を拾うのも忘れて、穴が開くほど彼を見つめてしまった。

今日のウィレムは、いつもの見慣れた制服姿ではない。

まるで良家の貴公子のような装いで……いや、実際に彼は良家の貴公子なのだ。

メリアローズはあらためてその事実を実感したのである。

彼のこういった装いを目にするのは初めてではない。記憶に新しい学期末のダンスパーティーや、その他にも何度か目にしたことはあるはずだ。それなのに、何故だか今は……どこか普段よりも大人びたその姿から目が離せなくなってしまう。

――あんなに、背が高かった？　いつも、あんなにきりっとした表情をしてたかしら……。

衣装のせいか、この空間の効果か、まるでメリアローズのよく知るウィレムとは別人のようで、メリアローズは訳もなくどぎまぎとしてしまうのだった。

よく考えれば、彼も伯爵家の人間。三男ということで、熱心に舞踏会に顔を出す令嬢たちのお相手候補にはなりにくいかもしれないが、参加する資格は十分にあるのだ。

メリアローズはウィレムから目が離せないでいたが、ウィレムの方もじっと一心にメリアローズの方を見つめていた。

広いホールの入り口と中ほどという距離を置いて、二人はただ互いだけを見つめていたのだ。

そして、先に動いたのはウィレムだった。

「────」

口の動きが、メリアローズの名前を呼んだように見えた。もちろん、周囲の喧騒《けんそう》に掻き消されて声は聞こえなかったが。

そしてウィレムがメリアローズの方へ一歩足を踏み出した瞬間──。

「初めましてウィレム様！　私は子爵家の──」

「ねぇねぇ、こっちでゆっくりお話ししましょうよ！」

「ダンスの相手はお決まりで？　よろしければ私と──」

一瞬の間に、ウィレムはどこからか湧いて出た令嬢たちに取り囲まれてしまったのだ。

「え、いやあの……」

「あーん、ほんとにアンセルム様にそっくりぃ！」

「ウィレム様はユリシーズ王子とも親しいんですってね！」

「やーん、すごぉーい!!」

戸惑うウィレムの腕に、甘えたようにしがみつく少女。

その光景を見た途端、メリアローズの頭は一瞬で沸騰しそうになった。

──なによ、メガネの癖に！　デレデレして!!　いったいなんなのよ……。

何故だか無性に不安になってしまう。彼はあんなふうにモテたくてこの場にやって来たのだろうか。そう思うと、不思議とイライラが収まらない。

「失礼、メリアローズ嬢。扇が」

先ほどからメリアローズに熱心なアプローチを続けていた子爵家の青年が、扇を拾って手渡してくれる。メリアローズは慌てて扇を受け取り、何とか笑顔を取り繕った。

「ふふ、お優しいのですね」

にっこりと微笑むと、彼はまた顔を赤くした。

だが、彼の相手をしながらも、メリアローズの意識はウィレムから離れることはなかった。

今まさに、桃色のドレスを身に着けた可愛らしい令嬢が、ウィレムの手を引きダンスフロアへと連れ出そうとしている。

──なによ、お似合いじゃない……。

何故だかその光景を見ていられなくて、メリアローズはそっと視線を外す。

ウィレムと桃色ドレスの令嬢は、まるで甘い砂糖菓子の飾りのように、お似合いの二人だった。

そう思うと、ずんと心が重くなったような気がして、メリアローズは扇で口元を隠し嘆息した。

──まったく、メガネの奴がらしくなくこんなところに来るから、私がおかしくなっちゃうじゃない……。

普段は学園というカテゴリに属すると思っていたウィレムが、社交界というカテゴリにも進出してきたからだろうか。何故だかメリアローズは、らしくもなく心を乱されてしまうのだ。

子爵家の青年の話に適当に相槌を打ちながら、メリアローズはそっとざわめく胸を押さえた。

「曲が終わったようですね」

気がつけば、ダンスの曲が一つ終わったようだ。

ダンスフロアに残る者。新たな相手を探しに行く者。壁際に退く者。ペアになってテラスや庭園に消えていく男女など……舞踏会を楽しむ者たちは思い思いの行動を取っている。

ぼぉっとその様子を眺めていると、ふと、傍らから痛いほどの視線を感じた。

顔を上げると、例の子爵家の青年がメリアローズの方へ熱い視線を送っていたのだ。

「メリアローズ嬢、よろしければ……」

その先に続く言葉を、メリアローズはありありと想像できた。

彼とここまで話したのは、今日が初めてのはずだ。ここでメリアローズと彼が踊れば、少なからず噂になるだろう。

そういった事態を忌避するために、メリアローズはできるだけ、よく知らない男性とは迂闊《うかつ》に踊らないように気を付けていた。

だが……何故だか今はどうでもよくなってしまったのだ。

まぶたの裏に、ウィレムの腕にしがみつく桃色のドレスの令嬢の姿が浮かんでくる。

きっと彼らは、もうダンスフロアに繰り出しているころだろう。

「私と踊って頂けませんか？」

子爵家の青年の言葉は、一字一句違わずに、メリアローズの予想通りだった。

その誘いをうまく断る方法など、数十通りは心得ている。

パスカルのような曲者《くせもの》相手でなければ、ここで彼をはぐらかすことなど簡単だ。だが……。

――なんだか、どうでもよくなっちゃった……。

何故だろう。まるで心が空っぽになってしまったかのように何も感じない。

子爵家の青年は期待を込めた熱いまなざしで、メリアローズを見つめている。

自分でもなんて答えようとしているのかわからないまま、メリアローズが口を開こうとした瞬間
――。


「失礼、彼女と話しても？」

突如割って入ってきた声に、メリアローズは瞬時に覚醒した。

「なっ、あなた……」

メリアローズは驚いて、再び扇を取り落としそうになってしまう。

まるで子爵家の青年とメリアローズの間に割って入ろうとするかのように、声をかけてきたのは、いつの間にかこんなところに来ていたウィレムだったのだ。

「ど、どうぞ……」

子爵家の青年はあっけにとられたような顔をしていたが、少し眉を寄せてウィレムに場所を譲った。それもそのはずだ。いくら伯爵家の三男と言っても、伯爵家と子爵家では伯爵家の方が格は上。ここは引かざるを得ないだろう。

だが、いくらなんでも、今まさに令嬢をダンスに誘おうとした瞬間に声をかけるなど、それこそ

とんでもないマナー違反だ。いくらこういう場にあまりやって来ないウィレムとはいえ、さすがにそのあたりの空気は読めるはずだが……。

子爵家の青年がメリアローズをダンスに誘おうとした時点で、注目を浴びていたのには気づいていた。だが、そこにウィレムが割り込んできたことで、今や多くの人の注目の的になっているのをメリアローズはひしひしと感じていた。

さっと視線を滑らせれば、周りの者は興味津々といった様子でこちらを見ているではないか。

更にウィレムの背後、少し離れたところには先ほどの桃色のドレスの令嬢がいる。彼女は少し悔しそうな表情でこちらを眺めていた。

まさかウィレムは、彼女を置いてここに来てしまったのか⁉

「ち、ちょっとあなた……どういうつもりなのよ！」

さすがにいろいろと強引すぎる。

何のつもりかは知らないが、もうちょっとうまく事を運べないものか⁉

小声でそう食って掛かると、ウィレムは笑った。

「ちょっと、笑うところじゃないわよ！」と言おうとして、メリアローズは何故か何も言えなくなってしまう。

彼の笑顔が、自分に向けられている。

そう意識すると、何故だかとんでもなく恥ずかしくなってしまうのだ。

「メリアローズさん」

「な、なによ」

　ウィレムは何を言い出すのだろう。

　皆目見当もつかず、メリアローズはどきどきと高鳴る鼓動を感じながら、努めて平静を装う。

「俺と、踊って頂けませんか」

　それは、周囲に聞こえるようなはっきりとした誘いだった。その途端、周囲がわっとざわめく。

　……踊って頂けませんか？　誰が、誰を誘ってるの？

　まさか、ウィレムが私を…………‼⁉⁉

　そう気づいてしまった瞬間、メリアローズの思考は爆発四散《ばくはつしさん》した。

　先ほど子爵家の青年に誘われた際には、意識しなくても切り抜け方が浮かんできたのに、今は頭がごちゃごちゃになってしまって何も浮かんでこない。

「な、なな……」

　何でウィレムが私を誘うの？　もしかして、私と踊りたいの⁉

　……いかん、落ち着け。

　ここは舞踏会の場で、周りには紳士淑女たちが大勢いる。

　ここで醜態を晒せば、すぐさま社交界中に広まってしまうのだ……！

　メリアローズは俯いて心頭滅却し、そして顔を上げた。

「ふん！　同級生のよしみで踊ってあげてもよくってよ‼」

　無になった心に浮かんできた解決法。それは……懐かしい「悪役令嬢になりきる」というものだった。

――ふぅ、なんとか致命傷で済んだわ。

そして燃え尽き灰になりかけるメリアローズは、ウィレムに導かれるままにダンスフロアに引きずり出されてしまったのだった。

注目を浴びるのはいつものことだが、何故だか今日は、普段よりも緊張してしまうような気がする。ダンスホールに進み出るウィレムとメリアローズに、四方八方からビシバシと視線が突き刺さるようだ。

「いったい、どういう風の吹き回しなのよ……」

「俺と踊るのは嫌ですか」

「そういうことじゃなくて――」

「あ、曲が始まりますよ」

ここぞとウィレムを問い詰めていると、音楽が流れ始めてしまった。こうなったら、踊らずに言い争っていては余計に目立ってしまうだろう。仕方なく、メリアローズは素直にウィレムの手を取った。

彼と踊るのは、初めてではない。ユリシーズ王子がリネットを選んだ学期末のダンスパーティーで、同じようにメリアローズは彼の手を取ったことがあったのだ。

彼はこういった舞踏会に滅多に出てこない癖に、ダンスの腕は見事なものだ。

それに……。

——なぜかしら、体が軽い……。

ここ最近の夜会続きで、メリアローズは不本意ながらパスカルや、他の貴公子たちと踊ることも多かった。

メリアローズが踊るような相手は皆、王国選りすぐりの貴公子だ。

当然、エスコートやダンスもトップレベルにスマートだったのだが……ウィレムとこうして踊ってみて、メリアローズは自身の体の軽さに随分と驚く。

まるで蝶《ちょう》が舞うよう、とメリアローズのダンスを称する者たちがいるが、まさに今のメリアローズはそんな心地だった。

くるり、ふわりと自然に体が動く。相手に合わせようとか、そんなことは考えなくてもいい。

思いのままに動けば、それでいいのだから。

「やっぱり、あなた上手いのね！」

先ほどまでの緊張や苛立ちはどこへやら、メリアローズはいつの間にか楽しい気分になって、自然と笑顔になっていた。

ただダンスを踊るだけでこんなに楽しい気分になるのは、もしかしたら初めてかもしれない。

ウィレムは一瞬驚いたような顔をしたが、すぐに優しく笑い返してくれた。

「そうでしょうか……。自分ではあまりそうは思えないんですが」

「あなた、運動神経がいいもの。それに……私と相性がいいのかもしれないわ」

メリアローズがそう言った途端、ウィレムは一瞬だけ動きを止めた。

そこでテンポが狂ってよろめきかけたが、すぐにウィレムがリードしてくれる。

いったいなによ……とメリアローズは少し不満げに口を尖《とが》らせて、すぐに先ほどの己の発言にたどり着いた。

『私と相性がいいのかもしれないわ』

……もしかして自分は、とんでもなく恥ずかしいことを口走ってしまったのでは⁉

あのパスカルも、何度となく同じような言葉でメリアローズを口説こうとしたことがあった。

今の言葉にたいした意味はなかったのだが、ウィレムはとんでもない受け取り方をしたのでは‼

「か、勘違いしないでっ！　相性っていうのはダンスのことであって……‼」

「わかってます！　わかってますから落ち着いてください、メリアローズさん‼」

一気に羞恥心が爆発したメリアローズを、ウィレムが必死になだめる。

ふぅ、と息を吐いて、メリアローズはなんとなく、ウィレムの顔が見られず俯いてしまう。

――どうして、こうなっちゃうのかしら……。

マクスウェル家の人間は、どんな時でも優雅であらねばならない。メリアローズも幼い頃から、ずっとそう気を付けていた。今までは、それでうまくいっていたのだ。

それなのに……ウィレムを前にすると、うまく「優雅な公爵令嬢」の姿が取り繕えなくなってしまう。

「……メリアローズさん」

そっと声を掛けられ、メリアローズは反射的に顔を上げる。

ウィレムは優しい眼差しでメリアローズを見つめていた。

「ダンスの時に下を向くのはご法度では？」

からかうようにそう囁かれ、メリアローズはまた頬に熱が集まるのを感じた。

「わ、わかってるわ！」

――メガネの癖に、調子に乗りすぎよ……！

心の中でそう毒づいても、不思議と苛立つことはなかった。

それよりも、とにかく熱くて、恥ずかしくて、どこかぽぉっとしてしまうのだ。

……それでも、不快なわけではない。意識せずとも、体が勝手にステップを踏み、相手もそれに合わせてくれる。

顔を上げれば、ウィレムが笑いかけてくれる。今、彼の美しい翡翠の瞳に映っているのは自分だけ。

その感覚が、たまらない。

くるり、とターンを繰り返すたびに、会場内の視線が自分たちの元に集まっているのがわかる。

どこか誇らし気な表情のアンセルムに、悔し気な顔を隠そうともしていないのは……先ほどウィレムを誘っていた桃色のドレスの令嬢や、メリアローズの周りに集まっていた貴公子たちだ。

「……メリアローズさん」

先ほどよりも真剣な声色でそう呼びかけられ、メリアローズは慌ててウィレムの方に意識を戻す。

「俺を、見てください」

普段よりも低い声で、懇願するように、それでいて命じるように言われてしまえば……気がつけばメリアローズは彼から視線が外せなくなってしまっていた。

――なんだか、今日のウィレムは普段と違うわ……。

そう意識すると、途端に体が熱を帯びていくような心地がした。

だが、二人が踊っていた曲が終わりを迎えようとしていることにメリアローズは気がついた。

――もう、終わりなのね……。

あれだけ恥ずかしい思いをしたのに、メリアローズは何故か曲が終わるのをとても残念に思っていたのだ。

ダンスが終われば、きっとウィレムはまた乙女たちに囲まれることだろう。

今メリアローズの手を取っているように、次はあの桃色のドレスの令嬢の手を取るのかもしれない。別に、舞踏会ではおかしなことではない、当然のことだ。

それなのに、その光景を想像すると、きゅっと胸が痛くなってしまう。

遂《つい》に曲が終わり、周囲の者は思い思いの行動を取り始める。

だが、何故かウィレムはメリアローズの手を離そうとはしなかった。

「ウィレム……？」

「メリアローズさん」

ウィレムの強い視線が、まっすぐにメリアローズを射抜いている。

その視線に縫い留められたように、メリアローズは動けなくなってしまう。

「もう少し、二人で話しませんか?」

メリアローズは同じような誘いを、今まで幾度となく受けていた。

もちろん、その提案を回避する方法なら軽く数十通りは思い付くほどだ。……普段なら。

どうしても、頭がぼぉっとしてしまい……気がつけばメリアローズは、熱に浮かされたように頷いていたのだ。

「行きましょう」

ウィレムにエスコートされ、どこかぽぉっとした気分のままメリアローズは足を踏み出した。

仄《ほの》かに会場の明かりが届く薄暗い庭園には、静かな語らいを楽しむ男女の姿を、ぼちぼちと目にすることができる。

そんな中を、ウィレムはメリアローズを誘うように、どんどんと人気のない方へと進んでいく。

辺りに人の姿がなくなったあたりで、メリアローズははっと我に返った。

——いったい、どこまで行くつもりなの……?

こんな人気のないところにやって来て、いったい何をするつもりなのか。

そう考え、思い付いた答えに顔から火が出そうになってしまう。メリアローズとて、こういう場で二人きりになった男女が何をするのか、何も知らないわけではない。

実際に、パスカルが女性と逢引している場面に遭遇し、ばれないように退散したこともあるのだ。

……と、いうことは。

——ま、まさかウィレムは私と……!?

その光景を想像すると、頭が沸騰しそうになってしまう。

その途端ウィレムが足を止めたので、メリアローズは思わず飛び上がりそうになってしまった。

「大丈夫ですか⁉」

「え、えぇ……小石に躓《つまず》いてしまったようね」

実際にはただ驚いただけだったのだが、なんとか平静を装いそう言ってみせる。

すると、ウィレムはくすりと笑った。

「メリアローズさんでも、小石に躓いたりするんですね」

「な、何言ってるのよ！　悪い⁉」

「いえ、そうではなくて……可愛い所もあるんだなと」

「か、可愛いですって⁉」

これは口説かれているのか⁉　それともからかわれているだけなのか⁉

遂に混乱と恥ずかしさが頂点に達して、メリアローズは思わず、ウィレムの背中をバシバシと叩いてしまう。

「何よ！　メガネの癖に‼」

「だからもうメガネはやめましたって！」

「あなたの存在自体がメガネなのよ‼」

「なんですかそれ！」

「あなたの全身からメガネオーラが漂ってるのよ！」

「え……⁉」

ウィレムが慌てたように全身を確認するのを見て、メリアローズは何とか落ち着きを取り戻した。

「ばか、冗談よ」

「わ、わかりにくい……」

なんだか今日のウィレムは雰囲気が違うような気がしたが、こうして向き合ってみると、ちゃんと、メリアローズのよく知るウィレムのようだ。そう感じて、どこかほっとしている自分がいることに、メリアローズは気づかざるを得なかった。

「ふぅ……でも、どういう風の吹き回しなの？」

「何がですか？」

「あなた……いつもはこういった夜会には来ないじゃない」

だからメリアローズは、てっきり彼がこういう場に興味がないと思っていたのだが……何か心境の変化でもあったのだろうか。

――まさか、アンセルム卿みたいに、モテたくて来たんじゃないでしょうね……。

彼の兄であるアンセルムは、乙女たちの憧れの存在である。とにかくモテまくるのだ。

まさかウィレムもその恩恵にあやかろうと、やって来たのでは……と考え、メリアローズはモヤモヤしてしまった。

「いや、それがその……」

ウィレムが言いにくそうに視線を逸らしたのを見て、ますますメリアローズの疑念は深まった。

こいつ、いかにも「草食系男子です」みたいな顔をして、頭の中は絶賛ピンク色なのでは……？

そう考えると、らしくもなくイライラしてしまう。

「ご存じでないのならお教えしますけど、先ほどの令嬢はアンヴィル子爵家のイザベルよ」

「え？」

「彼女は三姉妹の長女で、婿入りすれば子爵様よ。とんでもない優良物件ね」

「あの、何を……」

「いいじゃない、お似合いよ」

——なんで、こんなことを言ってしまうのかしら……。

自分でもわからないまま、メリアローズはぺらぺらと心にもないことを口走っていた。

以前ウィレムと自分たちの境遇について話した際に、彼は「自分は伯爵家の三男なので相続は期待できない」という話をしていた。

その時彼は、騎士になって王子に仕えたい、というようなことを言っていたはずだ。

だが、ウィレムに選べる道はそれだけではない。この国では女性でも爵位を相続することができるのだが、女性が推定相続人である場合、その夫が爵位を継ぐ、というのが一般的である。

イザベルのような女性に婿入りすれば、三男だろうが四男だろうが、逆玉の輿《こし》に乗れるのである。

ウィレムもそのことに気がついて、いよいよお相手探しに乗り出したのではないか。

……そう考えると、何故かメリアローズの胸は痛むのだった。

ウィレムがどんな道を選ぼうと、それはウィレムの自由だ。それでも、メリアローズは彼に自分の手で自分の道を切り開くような人物であって欲しかったのかもしれない。

――そんなの、勝手よね……。

メリアローズの勝手な押し付けで、彼の邪魔をしてはいけないだろう。

そう考え、少々自己嫌悪に陥ってしまう。

「別に、あなたの好きにすればいいわ。私は悪役令嬢をやめたから、イザベルとの恋を邪魔したりはしないのよ」

「いやいや、何言ってるんですか、さっきから」

「あなたもこんなところにいないで、さっさとイザベルを口説いてきたらどうなの」

「……メリアローズさん」

ウィレムが大きくため息をつく音が聞こえて、いよいよメリアローズの心は沈み込んだ。

きっとウィレムは、このまま会場に戻りイザベルを口説きに行くのだろう。

メリアローズはそう考えたが、何故かウィレムは一歩メリアローズの方へと近づいてきたのだ。

そして、彼は口を開いた。

「イザベルって誰ですか」

「……は？」

てっきりとぼけているのかと思ったが、彼は本当に困惑したような表情で、そう言ったのだ。

「誰って……さっきあなたの傍にいたじゃない」

「いや、それらしき女性は何人もいたので、誰のことなのかと……」

「……もう！　熱心にあなたに話しかけていた、桃色のドレスのレディよ！」

少し語気を強めてそう言うと、ウィレムはやっと思い出した、とでも言いたげに、目を丸くした。

「あぁ、あの茶髪の子……」

「そうよ！　あなたは彼女が目当てで来たんじゃないの⁉」

「え？　違いますよ‼」

「じゃあ何しに来たのよ‼」

別にウィレムが夜会にやってくることは何の問題もない。

ただ、彼の一挙一動にメリアローズの心がかき乱されてしまうだけなのだ。

――もう、本当になんなのよ……！

「何しに来たって、それは……」

ウィレムに真摯《しんし》な瞳でにじっと見つめられ、メリアローズは戸惑った。

鼓動がドキドキと早鐘を打っているのを、嫌でも自覚してしまう。

「俺は、あなたの為に来たんです」

「…………え？」

思わぬ答えに驚いて目を見開くと、ウィレムは困ったように笑うのだった。

「私の、ため……？」

告げられた言葉の意味を、メリアローズは理解できなかった。

何故ウィレムが夜会にやってくることが、メリアローズの為になるというのか。

「……そんなことを言って、本当は女の子たちにきゃーきゃー言われたかったんじゃ――」

「なんでそうなるんですか！　違いますよ‼」

呆れたようにため息をつくウィレムを見て、メリアローズは首をかしげる。

やはり、ウィレムの言葉の意味はわかりそうになかったのだ。

「まぁ……今夜は当てが外れたようですけど」

「当て？」

小さく聞き返すと、ウィレムは頷いた。そして、そっとメリアローズの耳元で囁いたのだ。

「……パスカル・スペンサーが、今夜の夜会に参加しているのではないかと」

「……え？」

急に嫌な相手の名前を出され、メリアローズは思わず眉をしかめてしまった。

そんな顕著な反応に、ウィレムは苦笑する。

どうやらパスカルが今夜の夜会に参加しなかったことを、当てが外れたと言っているらしい。

と、いうことは……。

「あなたがここに来たのって、パスカル様が目的だったの……⁉」

「……その言い方は語弊がありますが、間違ってはいません」

ふぅ、と大きく息を吐いて、ウィレムはじっとメリアローズを見つめた。

その美しい翡翠の視線に晒されて、じわりと肌が熱を持ったような気がしてしまう。

「……あなたが、パスカル・スペンサーに追い回されて、困っているんではないかと思ったんですが」

どこか言いにくそうに、ウィレムはそう告げた。

数秒して、メリアローズはやっとその言葉の意味を理解することができた。

その途端、ぱっと顔が熱くなる。

『俺は、あなたの為に来たんです』

あの言葉の真意は、パスカルからメリアローズを守ろうとしてくれたということだったのか……⁉

「なっ……そんなことで……！」

「そんなことって……俺にとっては重要なことなんです」

「な、何言ってるのよ‼」

……ここが暗くてよかった。メリアローズは心からそう思った。

――顔が燃えるように熱い。

きっと明るい場所であれば、リンゴのように真っ赤な顔になっているのが悟られてしまうだろう。

「べ、別にあなたにそう気を遣われなくても平気よ！」

照れ隠しからそう言い放って、ぷいとそっぽを向く。

その実、メリアローズの心の中は歓喜と恥ずかしさが入り混じって、ごちゃごちゃになっていたのだ。

ウィレムにそこまで気を遣わせてしまったことを、申し訳なく思うのと同時に……それが、たまらなく嬉しく感じてしまうのも事実だった。

だが、羞恥心が邪魔をしてうまく感謝の言葉が出ないのである。

「あ、あなたがいなくても彼を回避するくらい簡単だったわ！」

気がつけば、そんな可愛げのないことばかり口走ってしまう。

――駄目よ、こんな風じゃウィレムも呆れてしまうわ。

そうわかっていても、どうしようもないのだ。

――それに、いつまでもウィレムに頼っていては、また誤解されてしまう……。

彼の兄であるアンセルムでさえも、ウィレムがメリアローズに熱を上げている、などという勘違いをしているのだ。

……おそらくウィレムには、好意を寄せる相手がいるはずだ。

ここ最近その話が出なかったので、あえて気にしないようにしていたが、やはり、このままではダメだろう。

メリアローズがいつまでもウィレムを頼っていては、彼の意中の相手にさえ誤解を与えてしまう可能性もあるのだ。……そう考えると、ずきんと胸が痛んだ。

「……私は、本当に平気なのよ」

悲痛な表情を見られないように、くるりと背を向けて、メリアローズは気丈な声でそう言い放つ。

「こういった場での振る舞い方なら、幼い頃からみっちり仕込まれているもの。パスカル様一人くらい、なんてことないわ」

本当はそんな余裕はないのだが……メリアローズはあえてそう告げた。

きっとこういえば……ウィレムも安心してくれるはずだと自分に言い聞かせて。

「だから、あなたに心配されなくても大丈夫なのよ」

——本当に、可愛くないこと。

自分でも呆れてしまうくらいだ。

メリアローズがウィレムの立場だったら、こんなに面倒くさい相手は放っておいて、もっと別の相手の所に向かうだろう。

——それで、いいのよ。

メリアローズのわがままで、いつまでもウィレムを束縛《そくばく》するわけにはいかないのだ。

それこそ、本当に悪役令嬢のようになってしまう。だから……これでいいはずだ。

「……そうですね」

背後からそう落ち着いた声が聞こえて、メリアローズはばれないように、きゅっと唇を噛みしめた。

「確かにあなたは、俺がいなくても問題ないのかもしれません」

今すぐに縋《すが》り付きたるなる衝動を抑え、メリアローズは小さく息を吐いた。

——これでいいの。これでいいのよ……！

気を抜けば、「今のは嘘《うそ》だ」と叫びだしたくなってしまう。

いかないで、傍にいて……と縋り付きたくなってしまう。

「そうよ。あなたはイザベルの所に戻ったらどうかしら」

そう絞り出した声は、震えていなかっただろうか。

「……メリアローズさん」

背後から、ウィレムの声が聞こえる。

次の瞬間、そっと手を握られメリアローズは思わず肩を跳ねさせてしまった。

軽く手を取られ、ウィレムの指がメリアローズの指に絡められている。

その予想もしなかった展開に、メリアローズは固まってしまう。

「あなたは、俺がいなくても平気なのかもしれない。でも……俺が嫌なんです」

絡めた指を、そっと引かれた。

そして離されたかと思うと……今度はぎゅっと両腕で背後から抱きしめられたのだ。

全身に、彼のぬくもりを感じる。首筋に熱い吐息を感じたような気がして、メリアローズは腰が砕けそうになってしまった。


──…………えええぇぇっ‼⁉⁉


もはや心臓が止まっていないのが不思議なくらいだ。

思考回路がショートして、体中がどくどくと燃えるように熱い。

「あなたが俺の知らない所で危険な目に遭っているかもしれないと思うと……もう、どうしようもなくて」

かすれたような、それでいて熱を秘めた声が耳朶をくすぐる。

全身が燃えるように熱い。だが熱くなっているのは……きっとメリアローズだけじゃない。

「メリアローズさん、俺は……」

ウィレムのメリアローズを抱きしめる力が、いっそう強くなった。

彼が次の言葉を口にしようとした瞬間――確かに、こちらに近づいてくる足音が聞こえた。

ウィレムは弾かれたようにメリアローズの体を離す。

その途端がくりと力が抜けて崩れ落ちそうになってしまったが、すぐに慌てたようにウィレムの手に支えられた。

「……すみません」

「いえ……大丈夫、よ」

なんとか足に力を入れ立つことができた。

その間も、足音はどんどん近づいてくる。そして、二人の前に姿を現したのは……。

「やぁ、メリアローズ。遅くなって済まなかったね」

その姿を見て、メリアローズは無意識にウィレムに縋り付いてしまった。

少しも空気を読もうとせず、悠々とそこに立っていたのは、メリアローズが会いたくなかった相手……スペンサー公爵家のパスカルだったのだ。

パスカルは堂々とした態度で、一歩一歩二人の方へ近づいてくる。

警戒するかのようにウィレムの体に力が入ったことに、彼に縋り付くようにして立っていたメリアローズは気がついた。

――まさか、パスカルがやってくるなんて……。

普通の相手ならこの雰囲気を見て尻込みしそうなものだが、パスカルは少しも気にした様子はない。そう……あまりにも自然な態度で、逆に不自然なほどなのだ。

「おや、君は……？」

もちろん、気づいていないなかったはずはないのだが、パスカルはまるで初めてウィレムの存在に気がついたかのように、目を丸くした。

そのわざとらしい態度に、メリアローズはぞくりとする。

――いったい、何を考えているの……？

ここを探し当てたということは、おそらく誰かに、メリアローズとウィレムのことを聞いたのだ。二人っきりで会場を抜け出した男女の元へ、わざわざやってくるなど、よほどのことがなければ考えられない。

一体なぜ、彼はそこまでメリアローズに執着するのだろうか……。

思い当たる理由がないからこそ、メリアローズには彼が恐ろしく思えるのだ。

「……初めまして、ハーシェル伯爵家のウィレムと申します」

パスカルの態度に合わせてか、ウィレムは押し殺したような声でそう告げた。

いきなり喧嘩《けんか》を売るような真似をしなかったので、メリアローズは少しだけほっとする。

「ハーシェル家……もしや、アンセルム卿の弟かい？」

「はい、兄が世話になっているようで」

「なるほど、そういうことか。……よろしく、ウィレム君」

パスカルが友好的な態度で手を差し出す。ウィレムもここで拒否するのはまずいと判断したのだろう。少し警戒した様子を見せながらも、その手を握り返した。

そして、パスカルはにこりと人好きのする笑みを浮かべた。

その途端、メリアローズの全身にぞわりと鳥肌が立つ。

女の勘……とでもいうべきものなのだろうか。

確かにパスカルは笑っている。

だが……その下に潜むまぎれもない敵意に、メリアローズは気づいてしまったのだ。

いや、ただの敵意ならまだよかっただろう。今のパスカルから感じるのはそれ以上の……冷たい、まるで虫けらを見るような、路傍の石を転がすような無機質な感情だった。

――このままじゃ、ウィレムが危ない……！

直感的に、メリアローズはそう悟ってしまった。

そう感じた瞬間、メリアローズの体は自然に動いていた。

「もぉ、待ちくたびれましたわ、パスカル様！」

甘えたような声を出して、メリアローズはパスカルにしなだれかかった。

その途端ウィレムが驚いたように目を見開いたのがわかったが、メリアローズは必死にパスカルの腕を掴む。

「パスカル様がいらっしゃらないので、わたくし、いろんな方に声を掛けられて……同級生のウィレムに愚痴《ぐち》を零していたところですの」

かった。

「それは済まないことをしたね、メリアローズ」

「さぁ、会場に戻りましょう。もちろん、わたくしと踊って頂けますわよね？」

今のメリアローズには、パスカルがウィレムに何かするのではないかと、ただそれだけが恐ろしかった。

会場に戻れば、人の目がある。ウィレムの兄であるアンセルムもいるはずだ。

パスカルも、そこまで大それた行動には出られないだろう。

「ウィレムも行きましょう？　そろそろあなたをイザベル嬢に返却しなくてはね」

くすりと笑って、メリアローズは自然体を装ってウィレムの方に視線を投げかけた。

——お願い、ここは私に合わせて……！

そう伝わるように、必死に願いながら。メリアローズの視線の先のウィレムは、どこかショックを受けたような……愕然《がくぜん》とした表情を浮かべていた。

その表情に、メリアローズの胸は痛む。

——これは演技なのよ。あなたはわかってくれるでしょう……？

もちろんメリアローズは、好きでパスカルに媚を売っているわけではない。

何故だかはわからないが、パスカルは執拗にメリアローズを狙っている。

だから、メリアローズの傍にいたウィレムを敵視したのだろう。

幼い頃から公爵令嬢として育てられたメリアローズは、貴族の裏の面もよく知っていた。

スペンサー公爵家ほどの力があれば、それこそ人ひとり事故を装って消し、証拠を隠滅することだって容易《たやす》いのだ。下手にパスカルに目をつけられれば、いくら伯爵家のウィレムと言えど、容易く消されてしまうだろう。どの程度パスカルが策を弄《ろう》しているのかわからない以上、ここで下手に彼を刺激するべきではない。

ここは彼の望む通りに動くべき場面だろう。

幸いにも、ウィレムはすぐにメリアローズの意図に気づいてくれたようだ。

「あなたが会場に戻れば、また皆が騒ぐでしょうね」

平静を装って、ウィレムが笑う。

「平気よ。今はパスカル様がいらっしゃいますもの」

寒気がするのを抑えながら、メリアローズはパスカルの腕にしがみついた。

「やれやれ、そう言われては仕方ないな」

パスカルがわざとウィレムに見せつけるように、メリアローズの体を抱き寄せる。

その途端、ウィレムがあからさまに表情を歪《ゆが》めた。

――大丈夫、私は平気よ……！

必死にウィレムにそうアイコンタクトを取りながら、メリアローズは早く会場に戻ろうとパスカルを促した。

会場に戻り、アンセルムがまだ残っていることを確認して……メリアローズはすぐさまパスカルをダンスフロアに連れ出した。

少なくともこうしていれば、パスカルの行動を制限できるはずだ。

「ウィレム君と踊ったそうだね。皆が驚いていたよ」

「パスカル様がいなかったので、仕方なく、ですわ」

さりげなく問いかけてくるパスカルに笑顔で応えながら、メリアローズはさっと会場内に視線を巡らせた。

ウィレムは再びイザベル嬢をはじめとした、淑女たちに囲まれているようだ。さっきまではあれだけ腹立たしかった光景に、今はどこか安心した。あれだけの人がいれば、パスカルもこの場で彼に手出しはできないだろう。

「彼とは親しいのかい？」

「ウィレムは学園の同級生です。どちらかと言うと……わたくしの、というよりは、ユリシーズ様のご友人といったところでしょうか」

さりげなくウィレムの背後に王子がいることをほのめかせると、パスカルは笑った。

そして、声をひそめてそっと問うてきたのだ。

「メリアローズ、それは…………俺に対する牽制かい？」

――悟られていた。

びくりと体が跳ねてしまったのは、きっとパスカルにも伝わったことだろう。

メリアローズがパスカルを警戒していることも、彼がウィレムに何かするのではないかと案じていることも、おそらく彼には筒抜けだったのだろう。だが、だとしたら話は早い。

「パスカル様、ただの事実ですわ」

——ウィレムに何かしたら許さない。

そう意志を込めて、メリアローズは優雅にそう告げた。

すると、パスカルはおかしそうに笑ったのだ。

その余裕な態度に、メリアローズは内心で舌打ちした。

——これは、強敵ね……！

優雅にダンスフロアを舞う男女。だがその間にあるのは、甘いロマンスなどではない。

そのことに気づいた者は、果たしてこの会場にどのくらい存在するのだろうか。

——それにしても、どうしてこいつは私にこだわるのかしら……。

スペンサー公爵家は、マクスウェル公爵家に並ぶほどの大貴族だ。

パスカルはスペンサー公爵家の長男。既に立場は十分すぎるほどに保証されている。

わざわざ好きでもないメリアローズに執着せずとも、自由に好みの女性を相手にすればいいものを。実際に、数年前までのパスカルはそうしていたはずだ。

——パスカルの思惑は読めないけど……私は、負けないわ。

ウィレムに手出しはさせない。

もちろん、メリアローズ自身もパスカルの思い通りになど動いてやるつもりはない。

そう決意して、メリアローズは自身を奮い立たせるように優雅に笑ってみせたのだった。

◆　◆　◆

パスカルの狙いがわからない。その事実が、メリアローズを悩ませていた。

なんとか波乱の夜会を終え、うまくパスカルをいなしてマクスウェル邸の自室に帰り着いた途端、メリアローズはぐったりと力が抜けてしまった。

——ウィレムは、大丈夫よね……。

メリアローズが会場を後にした時には、彼はまだレディたちに囲まれていた。

その近くにはアンセルムもいたようだし、今すぐパスカルがウィレムに害をなすことはないだろう。

だが、彼の今後の動きがわからない。

ずきずきと痛むこめかみを押さえながら、メリアローズは必死に思案する。

パスカルは何故だかはわからないが、メリアローズを手中に収めようとしているようだ。

まず、その理由がわからない。そこで引っかかってしまうのだ。

パスカルがメリアローズに恋い焦がれているとも思えない。

あの男は甘い言葉を囁き、あからさまにメリアローズを特別扱いしている。周囲から見ればメリアローズに熱を上げているように見えるだろうが……その目には、常に冷静な光が宿っているのに、メリアローズは気がついていた。

——私を手に入れて、優越感を得たいのかしら……？

皆がこぞって求婚する、公爵家のご令嬢。

その存在を手に入れて、周囲に自慢したいのだろうか。

メリアローズは、自分の容姿がそれなりに人目を惹くことは知っている。家柄についてはこの国でもトップクラスである。

「……はぁ」

……それが、メリアローズの価値なのだ。

自分でいうのもなんだが、お飾りの妻としては申し分ないだろう。人々が美しく高価な宝石を欲するように、パスカルはメリアローズを得ようとしているのだろうか。

彼にとってメリアローズは、自分に箔《はく》をつけるためのトロフィーのようなものなのかもしれない。

――それにしては、執拗なのよね……。

パスカルは来るもの拒まず、去る者追わずを実践する貴公子だ。

いくら価値があるとはいえ、今の彼のメリアローズへの執着は異様だった。

その理由がわからないので……余計に彼を恐ろしく感じてしまうのかもしれない。

それに……あの、ウィレムに見せた敵意。

あれは明らかに異常だった。

彼は、ウィレムのことをメリアローズを手に入れるための障害物だと認識したのだろう。

……もし今後ウィレムがパスカルの行動を邪魔するようなことがあれば、パスカルは本当にウィレムを排除しかねない。そう考えた途端、背中にぞくりと悪寒が走る。

──そんなこと、させないわ……！

……ウィレムは、メリアローズを守ろうとしてくれている。

そのことを聞いた時、メリアローズは確かに嬉しかった。強く抱きしめられた時は、それこそ心臓が爆発してしまうかと思ったほど体が熱くなった。だが……。

──やっぱり、駄目よ。

もしあの場面をパスカルに見られていたら、それこそパスカルはウィレムを排除しようと動いていただろう。彼ならば、そのくらいはやりかねないのだ。

メリアローズがパスカルを警戒していることは、既に彼には知られている。

そのうえで、彼はメリアローズの出方を見ているのだろう。

──本当に、嫌な男……！

バートラムもパスカルに似た女たらしだが、その本質は全く違う。

パスカルは闇の深い男だ。メリアローズはそう感じていた。

彼は貴族社会のことを知り尽くしている。同じく公爵令嬢として育てられたメリアローズといえど、一瞬たりとも気が抜けない相手なのだ。

しばらくは、彼に従順な振りをするべきだろう。

もちろん、メリアローズはパスカルの思い通りになるつもりはない。

だが……今のままだと、ウィレムに危険が迫ってしまう。それだけは絶対に嫌だった。

──今度は、私があなたを守る番よ。

悪役令嬢を演じていた頃から、ウィレムはいつもメリアローズを守ってくれていた。

メリアローズも、彼の厚意に甘えていた部分があったのは確かだ。

だが、今回ばかりは彼を巻き込むわけにはいかない。

メリアローズ自身が、パスカルからウィレムを守らなければならないのだ。

だから……もう、彼に甘えるわけにはいかない。

「そう、よね……」

もっと早くに、そうすべきだったのかもしれない。

だが、メリアローズはずるずると彼に甘えてしまっていた。

彼が一緒にいてくれることに、安心しきっていたのだ。

「ウィレム……」

無意識のうちにそう呟いて、メリアローズは小さな宝石箱を開いた。

ここに収められているのはたった一つ。

とても宝石とは言えない、安物のブレスレットだ。

これは、前にウィレムと王都でデートをした時に、彼がメリアローズに買ってくれたものだ。

「……ふふっ」

あの時のことを思い出すと……今でも自然と笑みがこぼれてしまう。そっとブレスレットを腕に嵌《は》めると、じんわりと心が温かくなる。どんな宝石よりも価値がある、メリアローズの宝物だ。

そっとブレスレットに触れて、メリアローズは呟いた。

「私は、大丈夫よ」

そう自分自身に言い聞かせる。

メリアローズは誇り高きマクスウェル家の娘なのだ。

社交の場での戦い方なら、並大抵の相手には劣らない自信がある。

あのいけ好かないパスカル一人あしらえないようでは、マクスウェル家の名が泣いてしまう。

だから、メリアローズは立ち向かわなければならないのだ。……ウィレムの手は、借りずに。

名残惜しさを断ち切るように、メリアローズはそっとブレスレットを外す。

「またいつか、あなたと……」

たった一日だけ、まるで普通の娘のように、デートを楽しむことができた。

もう一度、あの夢のような時間が過ごせたら……との思いが沸き起こったが、メリアローズは迷いを断ち切るように首を振った。

そして丁寧な手つきでブレスレットを宝石箱に仕舞いこみ、ゆっくりと鍵をかけたのだった。

◆　◆　◆

翌朝メリアローズが登校すると、思った通りにウィレムが校門で待ち構えていた。

わずかに緊張しながらも、メリアローズはそれを悟られないように微笑んで見せる。

「おはよう、ウィレム」

「……おはようございます、メリアローズさん」

ウィレムの表情は硬い。

すれ違う生徒が二人の間に漂う緊迫した空気に、「何事か⁉」と振り返るほどには。

「少し話したいことがあるんですが」

「申し訳ないけれど、放課後にしてもらっていいかしら。授業に遅刻したら大変だもの」

ゆったりとそう告げると、ウィレムは一瞬驚いたように目を丸くしたが、すぐに頷いてくれた。

……これで、少しだけ時間の猶予ができた。精々、覚悟を固めなければ。

そして迎えた放課後、メリアローズは学園の片隅のベンチに、ウィレムと並ぶようにして腰かけていた。

遠くには爽やかにテニスを楽しむ生徒たちの姿が見える。

だが、話を聞かれるほど至近距離には誰もいないようだ。

「……昨日の夜のことですが」

ウィレムの切り出した話は、やはりメリアローズの予想通りだった。

というよりも、この空気で他の話をすること自体がおかしいのだが。

「パスカル・スペンサーは、やはりあなたを狙っているようですね」

「ええ、そのようね」

静かにそう答えたメリアローズに、ウィレムは不満気な表情を隠そうともしなかった。

「……どうして、そんなに平然としてられるんですか」

「だって、本当に平気なのよ。あの程度、昔からよくあったもの。私が心配なのは、むしろあなたの方ね」

「俺？」

メリアローズの言葉に、ウィレムは目を丸くした。

……彼は、パスカルの敵意に気づいていなかったのだろうか。

だとしたら、やはりメリアローズの考えは間違っていなかった。

「パスカルは、他人の足を掬って蹴落とすことにかけては一流よ。あなたもあまり彼に関わらない方がいいわ」

「そんなこと言ったって、この状況だと――」

「私なら大丈夫よ。対処の仕方は心得ているし……あなたの他に頼れる相手だっているもの」

そう告げた途端、ウィレムの表情がこわばった。

その変化にメリアローズの胸は痛んだが……心を鬼にして言葉を続ける。

「むしろ、あなたが先走らないかどうかひやひやしたわ」

「……俺は、足手まといだってことですか」

……そんなこと、あるわけがない。ウィレムはいつだって、メリアローズを支え、守ってくれていた。だが……今はそう言葉にすることはできないのだ。

メリアローズがウィレムに助けを求めれば、ウィレムは必ず応えてくれる。

そして……パスカルの標的にされてしまうだろう。

彼に何かあったら……と思うと、メリアローズは耐えられなかった。

「そう、こんなこと言いたくはないのだけれど……そういうことね」

そう告げた途端、ウィレムの表情が険しくなる。

その剣呑《けんのん》な雰囲気に気圧《けお》されそうになるのを、メリアローズは必死にこらえた。

――ここで引いてはダメよ。これは、ウィレムの為なのだから。

たとえここでウィレムに嫌われても、メリアローズはウィレムを遠ざけなければならないのだ。

それが、彼のためにできることなのだから。

「……俺では、あなたを守るのに力不足ですか」

真っすぐにメリアローズの目を見つめ、ウィレムはそう問いかけてきた。

――「そんなことない」と言えれば、どんなにいいかしら……。

これからメリアローズの告げる言葉は、きっと彼を傷つけることになる。

もう、今までのような気やすい関係ではいられなくなるかもしれない。

――もし私がマクスウェル家の娘でなければ、もっと素直でいられたかしら……。

ここで泣いて彼に助けを求めることができたのかもしれない。

夜会や社交などを放り出して、好きに生きることもできたのかもしれない。

だが、「メリアローズ・マクスウェル」である以上はそうはいかないのだ。

どんな時でも、誇り高きマクスウェル公爵家の娘として振る舞わなければならないのだから。

意を決して……メリアローズは、ウィレムに決別の言葉を告げた。

「そうよ、あなたでは力不足だわ」

その途端、ウィレムが唇を噛んで拳を握り締めたのがわかった。

その様子を見ていられなくて、メリアローズは視線を逸らす。

――なんて、嫌な女なのかしらね……。

傲慢《ごうまん》で、プライドの高い、可愛げのない娘。集まる貴公子たちが、「マクスウェル公爵家の娘」という点にしか、価値を見出さないのにも納得だ。

「……失礼するわ。今夜の準備があるの」

メリアローズは声が震えないように、なんとかそう告げてウィレムに背を向ける。

だが一歩踏み出そうとしたところで、背後から声を掛けられたのだ。

「……メリアローズさん」

……振り返ることはできなかった。

きっと、ウィレムの顔を見たら抑えきれなくなる。彼に縋って、甘えてしまいそうになる。

だから、メリアローズは背を向けたままそっけなく返事をした。

「何かしら」

「くれぐれも……無理だけはしないでください」

その言葉に目頭が熱くなるのを、メリアローズはこらえられなかった。

あんなにひどいことを言ったメリアローズのことを、彼はまだ案じてくれているのだ。

「ええ、あなたもね」

短くそれだけ告げると、メリアローズは速足でその場を後にした。

何度か廊下の角を曲がり……ついには耐え切れなくなって走り出す。

「っぅ……！」

泣いては駄目だ。これが最善の方法なのだから。

マクスウェル家の娘は、こんなことで泣いたりなんてしないんだから……！

周囲の生徒たちは、元悪役令嬢が顔を伏せて全力疾走するさまを見て、まるで化け物でも見たかのように顔をひきつらせている。やっと誰もいない校舎の陰にたどり着いて、メリアローズはずるずるとその場に座り込んでしまった。

――私は間違ってない。間違ってないんだから……。

『高慢で哀れなメリアローズ！　いつか後悔するわ‼』

かつて言われた言葉が蘇る。まさしく……彼女の言う通りだ。

だが、メリアローズにはこの生き方しか選べない。

不器用ながらも、この道を歩み続けるしかないのだ。

「………行かなきゃ」

今夜もまた夜会の予定が入っている。ぐずぐずしている時間はないのだ。

何とか自身を叱咤して立ち上がり、メリアローズは背筋を伸ばして歩き出した。

どうせ自分は「メリアローズ・マクスウェル」以外の何者にもなれはしないのだ。

だったら、理想的な公爵令嬢を精一杯演じなければ。

そっと涙を拭い、メリアローズは歩き出した。

2章　元悪役令嬢、危険な舞踏会に誘われる

ウィレムに決別の言葉を告げたその晩にも、メリアローズは休むことなく夜会に出席していた。

シンシアやメイドたちには顔色が悪いので休んだ方がいいと散々勧められたが、メリアローズが聞かなかった。

——私が、逃げるわけにはいかないのよ。

今夜もやってくるであろうパスカルを見張り、牽制し続けなければならない。

彼がウィレムに何かするのではないかと思うと、うかうか休んでもいられないのだ。

「やぁメリアローズ。今宵の君はいつにもまして美しいね」

「今晩は、パスカル様。そうおっしゃっていただけて嬉しいわ」

ちらちらと、にこやかに会話を交わすパスカルとメリアローズの元に、あちこちから視線が集まってくる。

「やっぱりお似合いね」

「婚約間近って噂もあながち嘘じゃないみたい」

「ユリシーズ王子以外なら、パスカル様くらいしか、この国でメリアローズ様に釣り合う御方はいないよなぁ」

「でもパスカル様って——嬢のことも……」

「しっ、昔の話よ！」

ひそひそと囁かれる声に、メリアローズは苛立ちを隠すように微笑んで見せた。

——なんとでも言えばいいわ。私は絶対にこいつに屈したりなんてしないんだから……！

パスカルがいくらそれらしく振舞おうと、メリアローズが首を縦に振らなければただの噂のままなのだ。

これは、パスカルとメリアローズの根競《こんくら》べ。持久戦である。

そしてメリアローズは、もちろんパスカルに屈するつもりはなかった。

彼がメリアローズを諦めるまで、戦い、逃げ切る心づもりはできているのである。

「俺と踊って頂けますか、お姫様？」

「はい、喜んで」

パスカルに手を取られ、メリアローズはダンスフロアへと歩みだす。

そのまま流れるように彼と踊り始めたが、その心は驚くほど冷え切っていた。

「……表情が硬いな。皆にも悟られるよ」

「申し訳ありません。少し、考え事をしておりましたの」

「麗《うるわ》しの美姫の悩みの種……いったい何なのだろうねぇ」

あなたの存在が一番の悩みの種よ……！　と、にやにや笑うパスカルの顎先《あごさき》に頭突きしたくなるのをなんとか抑え、メリアローズは優雅に微笑んで見せた。

きっとパスカルには、ある程度メリアローズの考えは悟られていると思った方がいいだろう。

いい加減脈がないと悟って引いて欲しいものだが、彼はいつまでもこうしてメリアローズにしつこく粘着してくるのである。

——……不思議、全然違うのね。

こうして踊っていると、どうしても先日のウィレムとのダンスと比べてしまう。

パスカルのダンスは見事なものだ。

だが、ウィレムの時のような、舞い上がるような気分には到底なれそうにもない。

感じるのは、緊迫感と不快感。

周囲にそのことを悟られないように、メリアローズはなんとか笑顔を取り繕っていた。

隙あらば接近してくるパスカルをかわし、なんとか一曲踊り終えることができた。

だが、曲が終わったその途端に、パスカルは握ったままだったメリアローズの手を引き、よろめいたメリアローズを軽く抱き留めたのだ。

「な、なんですの……？」

「メリアローズ」

耳元で囁かれ、ぞわりと鳥肌が立つ。

その拍子に表情がこわばってしまったが、構わずにパスカルは続けた。

「もう少し、二人で話をしよう」

……まるで、先日のウィレムの行動の再現のようだ。

込み上げる不快感を飲み込んで、メリアローズはあえてパスカルの挑発に乗ることにした。

——私は、あなたの思い通りにはならないわ。

そう告げるようにパスカルを見つめると、彼は余裕の笑みを浮かべた。

……その態度に気圧されそうになったが、メリアローズはそうと悟られないように積極的にパスカルの腕に腕を絡める。

「参りましょう、パスカル様」

「……本当に、君はおもしろいね」

そして二人は、人気のないテラスへと姿を消したのである。

「ウィレム君は元気かい？」

開口一番、パスカルはそんなことを言いだした。

……これでメリアローズを脅しているつもりなのだろうか。

メリアローズはパスカルから体を離し、冷たく言い放つ。

「ええ、おかげさまでね」

「……君も強情だな。言ってごらん、俺の何が不満なんだ」

人目がないせいか、パスカルはあからさまに眉を顰《ひそ》め、不快感をあらわにしている。

その態度が気に障り、メリアローズはつい彼を睨みつけてしまった。

「色々ありますが……一番はわたくしの友人を人質にとるようなその言動ですわ」

「友人、ね……。彼も可哀そうに」

「……何をおっしゃりたいのですか」

そう問いかけると、パスカルはやれやれと肩をすくめた。

そして、いつもの余裕たっぷりの笑みを浮かべるのだ。

「メリアローズ、もう恋の駆け引きは十分だと思わないかい？　俺たちは……そろそろ決着をつけるべきだ」

「申し訳ありませんが、おっしゃる意味がわかりませんわ」

「……よく考えるべきだ。他国の人間や、中途半端な奴に嫁ぐよりも、俺の方がいいとは思わないか？　君は今まで通り、この国で何不自由ない生活を送ることができる。侍女もメイドも好きなだけ連れて来ればいい。今までの生活に、ただ、俺の妻という肩書がつくだけだ」

……それが一番の問題だというのに、いったい何を言ってるのだろう。この男は。

「パスカル様こそ、引く手あまたではありませんか。何もわたくしにこだわらずとも、あなたをお慕いする方は大勢いらっしゃいますわ」

「……君に比べれば雑草だよ。やはり俺には高貴な薔薇がふさわしい」

……やはり彼がメリアローズを欲するのは、お飾りの妻とすることで自分に箔をつけたいという、ただそれだけの理由のようだ。

あまりの言い草に、メリアローズは軽蔑《けいべつ》を込めてパスカルを睨みつけた。

「パスカル様、雑草という名の植物はありませんわ。皆それぞれ、素敵な名を持っているのです」

メリアローズの侮蔑の視線を受けても、パスカルは少しも臆することはなかった。

「……君は変わったな。昔はもっと、言われるがままの、お人形のようなレディだったのに」

「人は変わるものです、パスカル様」

「誰の物にもならない、マクスウェルの至高の薔薇、か……。だからこそ、手折《たお》りたくなる」

パスカルの手が、ゆっくりとメリアローズの方に伸ばされる。

メリアローズは静かに、そして毅然と、その手を払いのけた。

「お戯《たわむ》れを」

「……くくっ、やはり君はおもしろいな」

一瞬、パスカルの目が怪しくきらめいた。

メリアローズは小さく息をのんだが、次の瞬間パスカルはやれやれと肩をすくめたのだった。

「……戻ろうか。いつまでも君を独占していては、国中の貴公子たちの恨みを買ってしまうからな」

「あら、それはわたくしもですわ。あなたに夢中なレディに怒られてしまいますもの」

パスカルは極めて紳士的にメリアローズをエスコートし、会場へと戻っていく。

――これで終わり……というのは楽観的すぎるわよね……。

結局その夜は、それ以上パスカルが近づいてくることはなかった。

だが、油断は禁物だ。今頼れるのは、自分自身だけ。

メリアローズはたった一人で、彼と戦わなければならないのだから。

◆　◆　◆

あれ以来、ウィレムとは気まずい空気のままだ。

彼はどこか忙しそうに、必要以上にメリアローズと視線を合わせることはない。

——当然よ、あれだけ酷いことを言ったんだもの……。

以前のように優しくしてほしいと願うのは……虫が良すぎるだろう。

これでよかったのだ。メリアローズの近くにいなければ、ウィレムがパスカルに排除される危険もなくなるのだから。

なのに、メリアローズはどうしても寂しいと感じてしまう。いつか、パスカルの脅威が完全に取り除かれたのなら……もう一度、ウィレムとの関係も修復できるだろうか……。

「……はぁ」

ため息をつきつつ校門の近くまでやって来たメリアローズは、見覚えのある人物を見つけた。

その相手もメリアローズに気づいたようで、声をかけてきた。

「やぁ、メリアローズ嬢か」

「ロベルト殿下。今お帰りですか？」

そこにいたのは、隣国からの留学生——ロベルト王子だった。

彼に声を掛けられ、メリアローズは努めて普段通りに応対しようと気を張る。

「そのつもりだが…………」

ロベルトがメリアローズの方を見つめ、何か思案するように眉を寄せた。

——な、何か変かしら……⁉

メリアローズは定期的な身だしなみチェックを欠かさない。

先ほど確認した時もおかしな点はなかったはずだが……何か異変でもあったのだろうか。

静かに焦るメリアローズの前で、ロベルトはゆっくりとこちらに近づいてくる。

「……メリアローズ嬢、今夜の予定は？」

「……？　エイミス家のお屋敷での、舞踏会に出席する予定ですわ」

「そうか。悪いがキャンセルしてくれ」

「え？」

呆気にとられるメリアローズの前で、ロベルトは近くの馬車から使用人を呼び寄せた。

「悪いな、マクスウェル家に使いを出してくれ。ご息女は今宵の舞踏会を欠席すると」

「承知いたしました」

「ちょっ……ロベルト殿下⁉」

慌てるメリアローズに、ロベルトは余裕たっぷりの笑みを浮かべて告げた。

「済まないな、メリアローズ嬢。君の時間を少しだけ俺にくれないか？」

「いったい、何を……」

「俺とデートしよう」

ロベルトはひどく愉しそうな笑みを浮かべて、そう告げた。

…………デート？

……………デート⁉

近くで様子を見守っていた生徒たちの黄色い声が聞こえ、メリアローズはこれが現実だということを嫌でも悟ってしまったのであった。


……どうしてこうなった。

ロベルト王子の乗る、やたらと豪華な馬車の中で、メリアローズはひたすら混乱していた。

そんなメリアローズを、向かいに腰を下ろしたロベルトは何故か楽しそうに眺めているのだ。

「あの、ロベルト殿下……」

「なにか？」

「これから、どこに……」

「あぁ……メリアローズ嬢はどこに行きたい？」

できればこのまま帰して欲しい、とは口が裂けても言えなかった。

しかし彼は何を考えているのだろうか。読めない。かつてのユリシーズ王子並みに読めない。

まったく、王子という生き物は皆こうなのか⁉

全世界の王子に対し失礼なことを思いながら、メリアローズはひたすら自身がどうすべきかを考えていた。

なにしろ相手は隣国の王子だ。下手な対応をすれば、外交問題に発展する恐れもあるのだ。

パスカルと対峙《たいじ》する時とはまた違った緊張感を覚えながら、メリアローズは小さく息を吐いた。

「よし、それでは行こうか」

ロベルトがそう言って馬車を止め、向かったのは、何故か王都の旧市街の一角だった。

メリアローズをエスコートして馬車を降りると、彼は勝手知ったる顔で旧市街を進んでいく。

護衛もつけずに堂々と歩くその姿に、メリアローズの方が慌ててしまう。

「ロ、ロベルト殿下……！　どちらに行かれるのです⁉」

「行けばわかるさ。それと、ここで『殿下』はよしてくれないか」

「あ……」

隣国の王子であるロベルトは、この辺りではそう顔は知られていないのだろう。

どうやら彼は正体を隠したいようだ。

メリアローズは仕方なく、少々不敬だと思いつつも呟いた。

「ロベルト、様……？」

「様もいらないぞ。ロベルトでいい」

「さすがにそれはまずいです‼」

「む、そういうものなのか」

戸惑うメリアローズの手を引くようにして、ロベルトはずんずん進んでいく。

――いったい、ロベルト様は何をお考えなのかしら……。

マイペースっぷりに関しては、ユリシーズ王子の上を行くのね……と、メリアローズは嘆息した。

やがて二人がたどり着いたのは、小さな料理店だった。

ロベルトは戸惑うことなく、古ぼけたドアを開き、中へと入っていく。

「らっしゃい。おっ、ロベルトか！」

店内に足を踏み入れた途端、中年の店主が嬉しそうに声をかけてきた。

年季の入った店の中には、老若男女……そこそこの客が入っているようだ。

その経験したことのない雑多な雰囲気に、メリアローズは思わずきょろきょろとあたりを見回してしまった。

「今日は可愛い子連れてるじゃねぇか。お前の彼女か？」

「だったらいいんだがな」

「ロ、ロベルト様!?」

――か、彼女!?

慌てふためくメリアローズに、店主の男は大きく口を開けて笑った。

「ははっ、まだ口説いてる最中か！　いいぜ、うちみたいな汚い店でよければ存分に使ってくれや」

店主の男に軽く手を上げると、ロベルトは勝手知ったる様子で店の奥へと進んでいく。

メリアローズも慌てて彼の後に続き、勧められるままに奥まった席に腰を下ろした。

「メニューは俺に任せてくれないか。この店は料理によって当たり外れが激しいからな」

「は、はい……」

何を頼んでいいのかもわからなかったので、メリアローズは頷いた。

それにしても……先ほどの店主とロベルトは随分親しいようだった。

「ロベルト様、あの店主の方はロベルト様の正体を……」

「いや、知らんだろうな。知ってたらさすがにあんな雑な対応はしないだろう」

「⁉」

絶句するメリアローズに、ロベルトはにやりと笑ってみせるのだった。

「……メリアローズ嬢。今の俺はただの『ロベルト』だ。そして君はただの『メリアローズ』」

「ぁ……」

「たまにはいいだろう？　こうでもしないとやってられんからな」

そう言ってテーブルに片肘をついたロベルトを見て、メリアローズは目を丸くした。

メリアローズにとってのロベルトは、ユリシーズと同じように完璧な王子だったので、まるでロベルトの新たな一面を発見したような気がして、驚いたのだ。

「……ロベルト様は、よくこちらにいらっしゃるのですか」

「あぁ、この雰囲気が好きなんだ。人々の営みを間近に感じられるような気がしてな」

彼の言う通り、ユリシーズと一緒に行くような王室御用達の料理店はすべてが一流で、他の客の雑談など、ほとんど聞こえなかった。

だがここでは、人々の歓談、通りの雑踏の音、食器やグラスの触れ合う音などひっきりなしに生活音が聞こえてくる。箱入り娘のメリアローズには慣れない環境だったが……確かに、どこか温かみを感じるのも事実だ。

……それにしても、ロベルトは正体を隠してよくここに来ているようだ。隣国の王子である彼が、そんなに大胆な振る舞いをする人物だとはメリアローズは知らなかった。

「まさかお一人で来られているのですか？」

「あぁ、従者がいると何かとうるさいからな。おかげですっかり店主の奴には悲しい男だと思われているようだ」

「まぁ！」

一人で正体を隠して出歩き、下町の住人に交じって何食わぬ顔で食事を取るとは……ロベルト王子は思った以上に破天荒な人物なのかもしれない。

もしもこの国の王子であるユリシーズがそんなことをすれば、きっと彼を溺愛する大臣たちがショック死しかねないだろう。

ロベルトの周囲の人物の苦労を思い、メリアローズは苦笑いを浮かべた。

「お待たせいたしました」

ロベルトはいつの間にか注文を済ませていたようだ。

やって来たのは、食欲をそそる匂いが香り立つビーフシチューだ。

「君の口に合うかどうかわからないが、食べてみるといい」

そう言うと、ロベルトは早くもスプーンを手に取り優雅にビーフシチューを口に運んでいた。

メリアローズもドキドキしながら一口掬い、そっと口に含む。

「…………おいしい」

一体どんな味が……と戦々恐々としていたが、一口食べた途端にメリアローズはすぐに虜《とりこ》になってしまう。

そんなメリアローズを見て、ロベルトは満足げに口角を上げた。

「なるほど、ユリシーズとリネット嬢の言った通りだな。君はシチューが好物だと」

「なっ……そんなことを……！」

——あの二人、いったい隣国の王子と何の話をしているのかしら⁉

仮にも王族同士。もっと建設的な話はいくらでもあるでしょう！　……と説教をしたい気分だ。いったい何がどうなって、メリアローズの好物の話になったのかはわからないが……メリアローズは、自身が話題に上ったという事実がたまらなく恥ずかしくなった。

まったく、ユリシーズとリネットは何を考えているのか！

「……二人とも君のことが大好きなようだからな」

真顔でそう言われ、メリアローズは頬が熱くなるのを感じた。

そんなメリアローズを、ロベルトはやはり愉快そうに眺めていた。

ビーフシチューを食べ終わった頃、店主の男がメリアローズの元に小さなケーキを運んできてくれた。

「ほら、美人なお嬢さんにはサービスだ」

「まぁ！」

「ロベルトは悪い奴じゃないんだ。よろしくな」

苦笑しながらそんなことを言われ、メリアローズはしどろもどろになってしまう。

　すると、ロベルトは呆れたように笑う。

「おい、余計なお節介だ」

「ははっ！　お前もしっかりやれよ！」

　まさかロベルトが隣国の王子だとは露ほども思っていないであろう店主は、笑いながらカウンターの奥へと引っ込んでいった。その背中を見送り、ロベルトは口をとがらせる。

「まったく、ここの店主はいつも一言余計なんだ」

「ふふ、でもロベルト様と仲がよろしいのですね」

「まぁ……あの態度がありがたくもあるんだが」

　そう言って笑ったロベルトを、メリアローズは少しだけ羨ましく思った。

　少なくともここでの彼は、「隣国の王子ロベルト」ではない。

「ただのロベルト」だと、店主をはじめ皆に思われているのだろう。

「メリアローズ嬢、せっかくの店主の気遣いだ。食べてやってくれ」

「ええ、ありがたく頂きますわ」

　ロベルトに促され、メリアローズはケーキを切り分け口に運ぶ。

　たっぷりとクリームが乗せられたケーキは、普段メリアローズが口にする物とは確かに異なった味がした。

　だが……美味しい。

「甘ぁい……」

メリアローズは他の多くの少女と同じように、甘味には目がなかった。

じんわりと染み込むようなケーキの甘さに、自然と頬が緩んでしまう。

――美味しい……リネットやジュリアに教えたら喜ぶかしら……。

ゆるゆると緩む頬に手を当て、そんなことを考えたが、そんなメリアローズをロベルトが興味深そうに眺めているのに気づき、慌ててたたずまいを直す。

「あ、あのっ……これはその……」

「はは、美味《うま》いだろう？　俺もここのケーキは好きなんだ」

「まぁ、ロベルト様も!?」

恥ずかしげもなくそう告げたロベルトに、メリアローズは親近感を覚え、笑みを浮かべる。

すると、ロベルトも満足そうに笑うのだった。

「やはりな」

「え？」

「君はそうして……笑っている方がいい」

美貌のロベルト王子に、微笑みながらそんなことを言われ、メリアローズは恥ずかしさで顔が熱くなった。

「じ、冗談はおよしになってください……！」

「冗談じゃないさ。近頃の君は、どこか無理をしているようだったからな」

「え？」

「……そろそろ行こうか」

軽く目配せをし、そう告げたロベルトに、メリアローズはゆっくりと頷いた。

……多くの人がいるここでは、話しづらいことなのかもしれない。

ロベルトが慣れた様子で会計を済ませるのを、メリアローズは感心しながら眺めていた。これだけ人目を惹く美貌を持っているのに、今のロベルトは見事にこの場に溶け込んでいるのだ。

――……彼は、すごいのね。

王子という立場でありながら、こうも大胆に振舞えるとは……。

常にマクスウェル家の娘として、気を張っているメリアローズからすると、その胆力に感心してしまう。

「ロベルトも嬢ちゃんも、また来てくれよ！」

上機嫌でそう告げた店主に軽く手を振り、メリアローズとロベルトは再び旧市街へと足を進めた。

いつの間にか日はすっかり暮れており、通りは闇に包まれている。

――夜会は、当然始まってるわよね……。

メリアローズの欠席を、皆はどう思うのだろうか。

そう思うと少し心が重くなるのと同時に、もうどうにでもなれ、という気分になってくる。

ロベルトに促されるままに、メリアローズはどこかふわふわした足取りで歩みを進めた。

「この先に公園があるんだ。そこで少し休憩しよう」

ロベルトはこの辺りに詳しいのか、迷うことなく進んでいく。

すぐに、二人は大きな公園にたどり着いた。

ベンチに腰を下ろし、メリアローズはふぅ、と小さく息を吐く。どうやらここは人通りが多いようで、メリアローズの目の前を幾人もの人が足早に通り過ぎていく。

「たまには悪くないだろう？　こうやってくつろぐのも」

そう言って足を組みなおし、ロベルトは背もたれに腕を投げ出している。

その王族らしからぬ態度に、メリアローズはくすりと笑ってしまった。

「ふふ、意外でしたわ。ロベルト様がこういったことがお好きな方だったなんて」

「俺だって、たまには羽目を外したくなるんだ」

「あら、本当に『たまに』でしょうか？」

「鋭いな、君は」

他愛のない会話を交わしながら、ロベルトとメリアローズは通り過ぎていく人々を眺めていた。

……ロベルトがここにメリアローズを連れてきたのは、きっと何か言いたいことがあるからだろう。

その内容を、メリアローズはなんとなく察していた。

「……ロベルト様、一つお伺いしてもよろしいでしょうか」

「なんなりと」

「あなたは、もし自分が王族に生まれなかったらと、考えたことがありますか……？」

おそるおそるそう問いかけると、ロベルトはくすりと笑い、どこか優しい目でメリアローズの方を見つめた。

「あるさ。それこそ何百回もな」

「まぁ……！」

「だから、たまにこうやってふらふら出歩きたくなるんだ。俺を『王子』だとは知らない人々に混じってな」

……ロベルトは、メリアローズの問いかけを予期していたのかもしれない。

彼の言葉には、どこか共感の意が混じっているような気がしてならないのだ。

今までになくこの王子に親近感を覚えるメリアローズに、ロベルトは小さく笑う。

メリアローズは、時折考えてしまうのだ。

もし自分がマクスウェル公爵家の娘ではなかったら、いったいどうなっていたのだろうかと。

幼い頃からメリアローズは、公爵家の娘としてどこに出しても恥ずかしくないように、厳しく作法を躾《しつけ》けられてきた。

身に着ける物はすべて一級品。

まるで磨き抜かれたような宝石のような「マクスウェル家のご令嬢」

それが、メリアローズの価値なのだ。

だが、そのメリアローズから「マクスウェル家の娘」という要素を取り払ったら……いったい、何が残るというのだろう。

「……なるほどな」

静かに思案するメリアローズを見て、ロベルトがぽつりとそう呟いた。

彼には……メリアローズの気持ちがわかるのだろうか。

「確かに、考えたことはある。もし俺が王子でなかったら、今頃は何をやっていたのだろうか、周りの者は俺をどう思うか、とな」

――いつも余裕たっぷりなロベルト様でも、そう思うのね……。

ドキドキしながら次の言葉を待つメリアローズの前で、ロベルトは困ったように笑う。

「だが、そんなことはいくら考えても詮無きことだ。他にどんな可能性があったにしろ、今の俺は王子として生まれついている。そして、そんな俺についてきてくれている者がいる」

ロベルトはふと真面目な顔つきになると、どこか遠くを見るように目を細めた。

「結局は皆、配られたカードで勝負することになるんだ。だったら、今の俺の手札を最大限に生かし、やってみようと思ってな。俺は、俺を慕ってくれる者たちのためにも、この道を進み続けると決めた」

ロベルトの真摯な言葉に、メリアローズは胸を打たれるようだった。

――彼は……立ち向かっているのね。

空想に逃げるメリアローズとは違い、彼は今の自分の立場を受け止め、歩み続けているのだ。

そんな彼が、メリアローズにはどこか眩《まぶ》しく思えた。

「俺には俺の苦労があるように……メリアローズ嬢。君には君の苦労があるんだろう。だが……これだけは忘れないで欲しい」

ロベルトの強い意志を秘めた瞳がメリアローズを射抜く。

どきりとしたメリアローズの前で、ロベルトは優しく笑った。

「君の周りには、君を支えようとしている者たちがたくさんいる。ユリシーズ、リネット嬢……他にもな。どうも君は、一人で頑張りすぎる傾向があるようだ。もう少し、周りを頼ってもいいんじゃないか」

真剣な声でそう告げられて、メリアローズの心が大きく揺らいだ。

――不思議、まるで心を見透かされてるみたい……。

ここ最近のごたごたで弱った心に優しく声を掛けられ、気を抜けば泣いてしまいそうで、メリアローズはぎゅっとスカートのすそを握り締めた。

そんなメリアローズをなだめるように、ロベルトはぽつぽつと言葉を紡いでいく。

「あくまで俺の私見だが……君の周りに集まる者たちは、君が『マクスウェル家の令嬢』だから君の傍にいるのではないはずだ。君は、君自身が思うよりもずっと、多くの者に好かれている」

ロベルトの言葉に、メリアローズは顔が熱くなるのを感じた。

途端に恥ずかしくなって俯くと、ロベルトはそんなメリアローズを見てくすりと笑う。

「もちろん、俺もそんな一人なのだが」

「そんな……ご冗談をっ！」

「冗談ではないさ。俺の胸でよければ、いつでも飛び込んでくるといい」

ほら、と腕を広げるロベルトに、メリアローズは思わず笑ってしまった。

どうやら彼はメリアローズが思っていた以上に、気さくな人物のようだ。

くすくす笑うメリアローズに、ロベルトも満足そうに目を細める。

「……ユリシーズとリネット嬢が、ここ最近の君のことを心配していた。何か、困っているのではないかとな」

「ぁ………」

「君には君の事情があるのだろう。だが……今夜俺が言ったことを、忘れないでくれ」

メリアローズには、彼の押し付けがましくない優しさが有難かった。

彼はあくまでメリアローズの意志を尊重しようとしてくれている。

そのうえで、アドバイスをしてくれているのだ。

――そうね、私はもう少し周りを見た方がいいのかもしれないわ……。

状況は何も変わってはいないが、メリアローズは少しだけ肩の荷が下りたような気分になっていた。考え方を少し変えただけで、随分とすっきりした気分になるものだ。

――ウィレムに、謝らなきゃ……。

危険から遠ざけるためとはいえ、彼には随分と酷いことを言ってしまった。

ウィレムは、いつもメリアローズを心配してくれていたのに。

先ほどロベルトに「もう少し周りを頼った方がいい」と言われた時に、真っ先にメリアローズの心に浮かんできたのは……ウィレムのことだった。

――謝って……もう一度、ちゃんと相談するべきね。

「……お心遣い、感謝いたします。ロベルト様」

「いい顔になったな。やはり君はそうやって笑っている方がいい」

「もう、お上手ですのね！」

「……なるほど、さすがは難攻不落の『マクスウェルの至高の薔薇』か」

何故か苦笑するロベルトに首をかしげながら、メリアローズはすがすがしい気分になっていた。

道が開けた、そんな気がしていたのだ。

「さて、そろそろ帰ろうか。あまり君を連れまわしていると、マクスウェル公に消されかねんからな」

冗談めかしてそう言ったロベルトの言葉に笑いながら、メリアローズは足取りも軽く立ち上がった。

◆　◆　◆

そんなメリアローズの心持ちとは裏腹に、その翌日ウィレムは学園を欠席していた。バートラムによると、最近の彼はなにやら忙しくしているようなので、パスカルが何かしたということではないようだが……彼に謝ろうと意気込んでいたメリアローズは、少し残念に思った。

――大丈夫、明日話せばいいのよ。

その夜も夜会が控えていたが、ここを乗り切ればウィレムと和解できるはずだ。そう自身を鼓舞し、メリアローズは戦に臨む戦士のような気分で、夜会へと赴く。

今晩の夜会には、珍しくパスカルが来ていない。

その事実を確認して、メリアローズはほっと安堵《あんど》のため息を漏らした。

きっと、この夜会を乗り切れば、ウィレムに話をする機会がやってくるだろう。

――ちゃんとウィレムに話して、今後の対策を考えないとね。

メリアローズの傍にいることで、彼まで危険に巻き込むことになってしまうかもしれない。

だがメリアローズには、きっと大丈夫だという漠然とした確信があった。

悪役令嬢を演じていた時も、何度か危険な目に遭うことがあった。

だがその度に、危機を乗り越えてきたのだ。……彼と、一緒に。

――そう、きっと大丈夫よ。

そう自分に言い聞かせ、メリアローズは気を引き締めた。

周りには今夜も貴公子たちが集まってきている。

公爵令嬢として、情けないところは見せられない。

「よくぞいらっしゃいました、メリアローズ嬢」

「今宵の貴女は一段とお美しい……」

「月の女神も貴女の美貌には嫉妬《しっと》されるでしょうね」

いつものようにこっぱずかしい口説き文句を右から左へと聞き流し、メリアローズは優雅に扇で口元を隠して微笑んで見せた。

彼らもこの国の誇る高位貴族の御曹司たちなのだが、やはりパスカルに比べれば対処は容易だ。

メリアローズはそれぞれに気を持たせるような、それでいて焦らすような会話を続けていると、やがて彼らはメリアローズを放置して、それぞれ自分のどこが優れているか、という言い争いを始めてしまう。

ひたすらマウント合戦を繰り返す貴公子たちを眺めながら、メリアローズは大きくため息をついた。

――やっぱりね。彼らが欲しいのは私ではなくて、「マクスウェル家の娘」なんだわ。

高貴で優秀な自分にふさわしい、お飾りの妻として確保したい……と言ったところだろうか。

馬鹿馬鹿しくなってしまい、メリアローズは彼らに気づかれないようにこっそりとその場を後にした。すると、ふいに壁の花となっていた令嬢の一人に声を掛けられる。

「今晩は、メリアローズ様」

「あなたは……カーティス家のヘレナ様ですね」

「まぁ！　わたくしのことをご存じだったのですね！」

メリアローズは瞬時に記憶の底から彼女の情報を引っ張り出し、微笑みながらそう答える。すると、彼女は嬉しそうに目を輝かせた。

彼女はカーティス子爵家のヘレナ。年はメリアローズより二つか三つほど上だったはずだ。

何人かの貴公子との噂がないわけではないが、未だ正式な婚約発表には至っていない。

こうしてパートナーもなく壁の花となっていたということは、今の彼女はフリーなのだろうか。

そんなことを考えていると、ヘレナはにっこりと笑ってメリアローズに耳打ちした。

「まったく、あの方たちもメリアローズ様を放置して……許せませんわ」

ヘレナが呆れたように、まだ言い争いを続ける貴公子たちの方へ視線をやったので、メリアローズは苦笑してしまった。

「あんな方たちは放っておいて……もっと面白い所へ行きませんこと？」

「面白い所？」

「えぇ、無粋な殿方はいらっしゃらない、楽しい場所ですわ」

殿方はいない……ということは、淑女たちの集まりでもあるのだろう。

少し迷ったが、メリアローズはおとなしくヘレナについていくことにした。

女性同士の情報網というものも、貴族社会では侮《あなど》れないものなのだ。

「ふふっ、でもこんな風にメリアローズ様を連れ出したりしたら、多くの殿方に恨まれてしまいますわ」

「あら、構いませんわ。皆が興味をお持ちなのは、狩猟と戦と勲章の話ばかりですもの」

くすくす笑いながら、ヘレナはメリアローズを会場の外へと連れ出した。

そして廊下を進み、一つの部屋の扉を開ける。

その中には、何人かの若い淑女たちがテーブルを囲むようにして集まっていた。

「まぁ、メリアローズ様！」

「メリアローズ様が来てくださるなんて！」

淑女たちは快くメリアローズを迎え入れてくれた。

彼女たちが囲むテーブルの上には、最近巷《ちまた》で流行しているカードが散らばっている。

どうやら年若い令嬢たちは、カード遊びに興じていたようだ。

「皆でこうして練習していたのです」

「メリアローズ様もいかがですか？」

たかが遊戯といえど、貴族社会では重要な社交の一つだ。

慣れておくことに越したことはないだろう。

それに、メリアローズはかなりの負けず嫌いであった。

いざという時に下手な腕前を披露するというのは、メリアローズ自身のプライドが許さない。

そう判断して、メリアローズはありがたく誘いに乗ることにした。

「ええ、ご一緒させていただきますわ」

メリアローズがソファに腰かけると、隣に座ったヘレナが笑顔でグラスを勧めてくる。

喉の渇きを潤して、メリアローズはあらためてゲームに向き直る。

……その途端、勝負魂に火がついた。

マクスウェル家の人間は、どんな簡単なゲームでも手を抜いたりはしないのだ。

右手を構え、メリアローズは高らかに宣言する……！

「私のターン！　ドロー‼」

……いつの間にか、随分と時間が過ぎていたようだ。

たかが遊戯と言ってもなかなか集中力を使う。気がつけばどこか頭がくらくらするような状態になっていた。

　メリアローズが小さく欠伸を噛み殺すと、傍らのヘレナが心配そうに声をかけてくる。

「メリアローズ様、お疲れですか？」

「ええ、中々神経を使うわ」

　見回せば、ぐったりとソファにもたれ掛かるようにして仮眠を取っている令嬢も少なくなかった。貴公子たちにはとても見せられない、死屍《しし》累々の有様だ。

「メリアローズ様も、休憩されてはいかがですか？」

　気遣わしげなヘレナの言葉に、メリアローズは力なく頷いた。

　集中力を使い果たしたのか、随分と眠く、頭が重い。

はしたないかしら、と気にはなったが、気がつけばメリアローズはソファに身を預けるようにして目を閉じていたのだ。

　段々と沈み込んでいく意識の中で、メリアローズはただ一人のことを考えていた。

　――ウィレムに、話さ、ないと……。

　気がつけば、思考はそこへと飛んで行ってしまう。

　彼に会いたい。会って、話をしたい。

　本心でないとはいえ、メリアローズは彼に酷いことを言ってしまった。許してもらえるかはわからない。だが、それでも会って、話して、謝りたかった。

できることなら……もう一度笑いかけて欲しい。

仕方のない人ですね、と、呆れたように彼がそう零すのが、メリアローズは嫌いではなかった。

──また、前みたいな関係に戻れるかしら……。

「おはよう」と何気ない挨拶を交わして、今日の日替わりメニューは何かとどうでもいい話をして、愚痴を言い合って、学園の図書館で一緒に勉強をして……。

幸せな記憶に身をゆだねたまま、メリアローズの意識は深い所に沈んでいく。


背中に柔らかな感触があたり、そこでやっとメリアローズの意識は浮上した。

さらりと髪を梳く手つきがくすぐったくて、そっと身をよじる。

──誰？　シンシア？　お兄様……？

まどろむ意識の中でそう考えた時に、メリアローズははっと我に返った。

そうだ、自分はまだ夜会の会場である屋敷の一室にいたはずである。

なんとか重いまぶたを開け、そこでメリアローズは戦慄《せんりつ》した。

「やぁ、お目覚めかい？　お姫様」

真上からメリアローズを見下ろすようにしていたのは、最も会いたくない、今この場にいるはずのない相手……スペンサー公爵家の、パスカルだったのだから。

「なっ……」

メリアローズは絶句した。何度か瞬きしてみたが、相変わらずそこには、したり顔のパスカルが存在していた。どうやら、夢や幻ではないようだ。

「君は寝顔も美しいね。まるで伝説のいばら姫のようだ」

「すみません、お見苦しい所を……」

動揺を押し隠し、メリアローズはなんとか寝起きの頭を回転させた。

ちらりと周囲に視線をやったが、ここは見覚えのない部屋のようだ。

だが内装から察するに、今晩の夜会が開かれている屋敷の一室なのだろう。

——誰よ、パスカルなんて呼んだのは……！

おそらく眠り込んでしまったメリアローズを、パスカルがこの部屋まで運んできたのだろう。

自身の着衣が乱れていないのを確認し、メリアローズはほっと胸をなでおろす。

何故夜会に欠席していたはずのパスカルがここにいるのかはわからない。

だが、彼と密室で二人っきりになるのはまずいと、メリアローズの頭が警鐘を鳴らしている。

ここはすぐに退散するべきだろう。

「申し訳ございません、パスカル様。わたくし、ご迷惑を——」

慌てて立ち上がり、メリアローズは急いで部屋を出ようとした。

だが、すぐに軽くパスカルに抱き寄せられ、ぞわりと鳥肌が立つ。

「つれないな、メリアローズ。夜はまだまだこれからじゃないか」

「……お戯れを」

酒が回ったせいか、随分と体が重い。

それでもメリアローズは、なんとか纏わりつくパスカルの腕の中から抜け出した。

ふらつくメリアローズを見て、パスカルがくすりと笑う。

「大丈夫かい？　慣れない酒に酔ってしまったのかもしれないな」

その余裕に満ちた笑みに、メリアローズの背筋にぞくりと冷たいものが走った。

――慣れない酒……まさか……。

カードゲームの最中、ヘレナに勧められ、いつもよりもハイペースにグラスを呷った。

少し変わった味がするとは思ったが、そこまで気に留めることはなかった。

他に……怪しいものを口にした記憶はない。

今日に限って夜会を欠席していたパスカル。突然、メリアローズに声をかけてきたヘレナ。

もしや、この二人はグルだったのでは……？

「……わたくし、戻らなくては」

……ここで、焦れば負けだ。何とか頭を回転させ、メリアローズはパスカルを刺激しないように笑顔でそう口にした。とにかく、今は一刻も早くこの場を脱出しなければならない。

さりげなく一歩、二歩と足を引き、メリアローズは後ろ手に、扉の取っ手に指を掛け、開こうと力を込める。だが、扉は開かなかった。

「なっ……⁉」

慌てて振り向き、取っ手を回したが、何故かガチャガチャと音がするのみで、一向に扉は開こうとはしない。

絶句するメリアローズが背後に気配を感じたかと思うと、再び伸びてきた腕に抱きすくめられてしまう。

「戻るだって？　お楽しみはこれからだよ、メリアローズ」

「ひっ！」

耳元でねっとりと囁かれ、メリアローズはその気持ち悪さに震え上がった。

――……無理無理無理無理無理!!!　絶対無理!!

もう淑女らしく、などと言っている場合ではない。メリアローズは渾身《こんしん》の力でパスカルを押し戻そうともがいた。

「やめ、なさいっ……！　あなた……自分が何をしているかわかっているの!?」

「君こそ何故そんなに俺を拒む？　自分でいうのもなんだが、俺のようなパーフェクトな人間のどこが不満なんだ。言ってごらん？」

――そういうところが気持ち悪いのよ！　このナルシスト!!

……と叫ぼうかと思ったがやめておいた。あまり、今のパスカルを刺激しない方がいいだろう。

至近距離で大嫌いな男と対峙しながら、メリアローズは何とかこの状況を切り抜けるすべを探っていた。目の前のパスカルは、相変わらず腹が立つほど余裕の笑みを浮かべている。

「心配することないよ、メリアローズ。俺の妻になれば、君には何不自由ない公爵夫人の座が待ってるんだ。文句はないだろう？」

「そんなもの、私は欲しくないわ」

公爵夫人の座、それもパスカルの妻という立場などメリアローズは欲しくない。

一体この勘違い男はどれだけ思い上がれば気が済むのか……！

湧き上がる怒りを押し殺し、メリアローズは冷たくパスカルを見据える。

パスカルはやれやれと肩をすくめると、一歩距離を詰めてきた。

「……まったく、君はもう少し賢いと思ったんだがな。学園に入学して変な影響でも受けたのか？」

「あなたには関係のないことよ」

「そこまで俺を拒むのは……他に好きな男でもいるのか？」

その問いかけに、メリアローズは思わず肩を跳ねさせてしまった。

遠ざけたはずの相手の姿が、脳裏に蘇ってくる。

もしここに、彼がいてくれたら……そんなことを考え、心が弱ってしまいそうになる。

それが……表情にも出てしまったのだろう。

メリアローズの反応を見て、パスカルはにやりと意地の悪い笑みを浮かべた。

「誰なんだ？　ユリシーズ王子か？　それとも最近噂のロベルト王子かな？」

にやにや笑いながら顔を近づけてきたパスカルが、そっと耳元で囁いた。

「それとも…………あの、アンセルムの弟か？」

——ウィレム……！

彼の存在をほのめかされた途端、メリアローズの体がびくりと震えた。

その反応に、パスカルはますます笑みを深くする。

「そうか、やっぱりあいつか！　アンセルムならともかく、大した力も金もなさそうな弟とは……君も物好きだな」

何がおかしいのか、パスカルはけらけらと笑っている。

メリアローズはウィレムを侮辱されたのが悔しくて、思わずパスカルを睨みつけてしまった。

その視線を受けて、パスカルは不快そうに眉を寄せた。

「……なんだ、その目は。それも奴の影響か？　まったく、昔のように従順なお人形でいればよかったものを……」

段々と、パスカルの優雅な貴公子の仮面が剥がれかけている。きっと、これが彼の本性なのだ。

気圧されそうになるのを必死にこらえ、メリアローズは侮蔑を込めて目の前の男を睨みつけた。

パスカルは嘲るような笑みを浮かべると、そっとメリアローズの肩に触れた。

「まぁ、なんでもいいさ。……そんな男のことはすぐに忘れさせてあげるよ」

逃げ道を塞ぐように壁に押し付けられ、ゆっくりとパスカルの顔が近づいてくる。

その時点で、メリアローズの我慢は限界に達した。

「……いい加減気持ち悪いのよ、このナルシストっ!!!」

もう淑女らしさはかなぐり捨て、メリアローズは思いっきり目の前の男の急所を蹴り飛ばす。

声にならない悲鳴を上げて崩れ落ちたパスカルを尻目に、再びドアノブを捻り、メリアローズは必死に外へと呼びかけた。

「誰かっ……！　来て‼　助けて‼」

これだけ叫べば、誰かに届くだろうとメリアローズは踏んでいた。

パスカルが復活するのが早いか、助けが来るのが早いか――。

残念ながら、天はメリアローズの味方をしてはくれなかった。

必死に叫ぶメリアローズの背後から、ゆらりパスカルが立ち上がる気配がする。

ひっと息をのんで振り向くと、そこには射殺しそうな目でこちらを見据える男がいた。

「人が下手に出れば、調子に乗りやがって……！」

「ひっ……あぐっ‼」

強く肩を掴まれたかと思うと、そのまま壁に突き飛ばされる。その拍子に背中に走った痛みと衝撃に、メリアローズの喉がひゅっと音を立てた。

「お高くとまりやがって……おとなしくしていれば優しくしてやったのに」

呟き込むメリアローズを、パスカルが冷たく見下ろしている。

その目に宿る常軌を逸した光に、メリアローズの体はぞくりと震えた。

こんな風に誰かに直接暴力を振るわれるような経験は、メリアローズにとっては初めてのことだった。必死に状況を打開しようと頭を回転させようとしても、押し寄せる恐怖に思考が塗りつぶされてしまう。

――怖い……。

――助けて、誰か……。

違う、誰かじゃない。思い浮かぶのは、たった一人だけ。

『大丈夫。ここにいてください。あなたには指一本触れさせません……絶対に』

今でも、その言葉ははっきりと耳に、心に残っている。

彼はその言葉通りに、絶望的な状況からメリアローズを守り抜いてくれた。

でも、彼が来るわけがない。

彼が延ばした手を、救いの手を……メリアローズは自ら拒絶したのだから。それでも……。

「ぃ、嫌……」

恐怖に身を竦ませるメリアローズの方へ、ゆっくりとパスカルの手が伸ばされる。その手には、小さな小瓶が握られていた。

「大丈夫、これは俺のことが大好きになるお薬だ。これで俺たちはハッピーエンド。文句はないだろう?」

狂気を宿した瞳で、パスカルが笑う。震えながらの必死の抵抗をあざ笑うように、パスカルの手がメリアローズの首筋へ触れる……その寸前だった。

――コンコン、と。

小さな、だが確かな扉を叩く音が外から聞こえた。

その途端、メリアローズははっと我に返る。

「助けて！　ここを開けて‼」

扉の向こうにいるであろう相手に向かって必死に叫ぶ。

だが、パスカルは余裕な笑みを崩さずに、面倒くさそうに吐き捨てた。

「誰も通すなと言っておいただろう。見張りを続けろ」

その言葉に、メリアローズの頭は真っ白になった。

外にいるのは、パスカルの手の者……？

それでも、とメリアローズは必死に扉へと縋り付いたが、すぐにパスカルに引き戻され、床へと突き飛ばされてしまう。

「っぅ……」

「残念ながら白馬の騎士は来ないよ。アンセルムの弟を遠ざけたのは失敗だったな」

メリアローズの手の内などお見通しだという様子で、パスカルはひどく楽しそうに笑った。

いよいよ退路を塞がれて、メリアローズの体はがたがたと震えだす。

――ウィレムを遠ざけたのは、失敗だった。

先ほどパスカルに言われた言葉が、ぐるぐると頭の中をこだまする。

もし素直にウィレムに助けを求めていたら……今頃はどうなっていたのだろう。

「言うことを聞かないお姫様には、躾《しつけ》が必要なようだな」

冷たい目でメリアローズを見下ろすパスカルが、サディスティックな笑みを浮かべる。

そして彼が一歩足を踏み出した瞬間――。

まるで落雷のような物凄い音を立てて、豪快に部屋の扉が吹き飛んだ。

「…………は？」

パスカルが間抜けな声を出して部屋の入り口を振り返る。

メリアローズもそちらに視線をやり、そして目を見開いた。

そこにいたのは、二人の人物だった。

「こんばんは、パスカル殿」

闇夜に溶けるような黒の騎士服に身を包んだ聖騎士アンセルムと……。

「……死にたくなければ、今すぐ彼女から離れろ」

何故か、アンセルムと同種の衣装を身に纏い、剣を抜いた状態の……ウィレムが、確かにそこにいたのだ。

「な、なんだ貴様ら！」

突如現れたウィレムとアンセルム。二人の姿を目にして、パスカルが素っ頓狂な声を上げる。

そんな彼に冷たい一瞥《いちべつ》をくれ、ウィレムはずかずかと部屋の中へと足を踏み入れた。

床に倒れたメリアローズと、メリアローズを見下ろすように立っているパスカル。

その光景を目にした途端、ウィレムは動いた。

「……聞こえなかったのか」

「ヒイッ‼」

そのまま彼はパスカルの喉元に剣を突きつけた。その切っ先がわずかに皮膚を裂いたのか、パスカルの喉からはつぅ……と一筋の赤い線が走った。

パスカルが情けない悲鳴を上げ、喉を逸らす。

「即刻、その人から離れろ」

「わかった！　わかったから剣を引け‼」

ウィレムがほんの数センチ剣を引くと、パスカルは弾かれたように身を引いた。

ゆっくりと身を起こしたメリアローズは、ただ呆然とその光景を眺めることしかできなかった。

——これは、夢？　私の願望が見せる幻なの……？

だが、混乱するメリアローズをよそに、事態はどんどん進んでいく。

「貴様ら……誰に何をしているのかわかっているのか⁉」

「お言葉ですがパスカル殿。残念ながらハーシェルの人間は気性が荒いので、挑発的な言動は慎んだ方がよろしいかと。……命が惜しいのならね」

パスカルが食って掛かるが、近づいてきたアンセルムは笑顔で受け流す……というより脅しをかけたのだ。そのままウィレムを諫めるどころか自身まで剣を抜いたアンセルムに、パスカルはまたもや情けない悲鳴を上げ身を竦ませていた。

「それでは……パスカル・スペンサー殿。メリアローズ・マクスウェル嬢への監禁容疑で、身柄を拘束させていただきます」

「なっ⁉」

「連れていけ」

アンセルムが合図すると、吹き飛ばされた扉の向こうから同じく黒の騎士服を身に纏った者たちが現れた。彼らはへたり込むパスカルの元に近づき、強引に連行しようとしているようだ。

「やめろ！　俺が誰だかわかっているのか⁉」

「ええ、もちろん。スペンサー公爵家の跡取り……いつまでその立場でいられるかはわかりませんがね」

アンセルムが笑顔のままひやりと告げた言葉に、パスカルの表情が固まる。

そのまま騎士たちがパスカルを連れて行こうとしたが、彼は最後のあがきのようにメリアローズの方を振り返った。

「メリアローズ！」

「ひっ！」

身を竦ませたメリアローズをパスカルの視線から遮《さえぎ》るように、ウィレムが立ちふさがる。

「メリアローズ！　君の方から何とか言ってくれ！　俺たちは相思相愛で――」

「黙れ」

往生際悪く世迷言をほざくパスカルの首の真横の壁に、ウィレムが勢いよく剣を突き刺した。

あと少しでもずれていれば、パスカルの命はなかっただろう。

今もウィレムが少し腕を動かせば、簡単にパスカルの命を奪える状態なのだ。

「ウィレム……！」

さすがに公爵家の人間であるパスカルを害せば、ウィレムの立場も身も危ない。

宥《いさ》めるようにそっとウィレムの腕に触れると、彼ははっとしたようにこちらを振り返る。

メリアローズが必死に首を横に振ると、彼は意気消沈したかのように俯いた。

「……すみません」

ウィレムが剣を引いたのを確認して、アンセルムは周囲の騎士たちへの指示を再開した。

「お前たちは先に行け。この場の処理は俺が」

そのまま騎士たちは、呆然自失状態のパスカルを引きずるようにして部屋を出て行った。

その間ずっと、メリアローズは震えながらウィレムの腕にしがみついていた。

ウィレムの体から、確かな温度を感じる。だから……夢や幻じゃない。

部屋に残されたのは、メリアローズとウィレム。それに、彼の兄であるアンセルムの三人のみだった。

「……メリアローズ嬢」

アンセルムにそっと声を掛けられ、メリアローズはおずおずと顔を上げる。

「もう少しことが落ち着いたら、我々が責任を持って、貴女をマクスウェル公爵邸へと送り届けさせていただきます」

「…………はい」

「私は少し用がありますので、それまで護衛は弟に任せたいと思います」

「ぇ……？」

「ウィレム、頼むぞ」

「わかってます」

アンセルムはそのまま、メリアローズに向かって優雅に一礼すると、ちらりと気遣わしげな視線を向け部屋から退出した。

その場に残されたのは、メリアローズとウィレムの二人だけだ。

あまりにもわけがわからない状況に、メリアローズは混乱したまま何と言っていいのかわからなかった。

きっと、何を言っていいのかわからないのはウィレムも同じだったのだろう。

しばしの間、二人は無言で視線を合わせることもできなかった。

「……メリアローズさん」

やがて、静かに口を開いたのはウィレムの方だった。

俯いていたメリアローズがそっと顔を上げると、彼はまるで溢《あふ》れる激情を押し殺すような、そんな表情でこちらを見ていたのだ。

その、普段は落ち着いた彼らしからぬ表情に、メリアローズは思わずどきりとしてしまう。

ウィレムの腕が、戸惑いがちにそっとメリアローズの背中に回される。

そして、強く引き寄せられた。

「……遅くなって、すみません」

彼の腕も、声も震えていた。その暖かなぬくもりに包まれた途端……凍り付いていたメリアローズの体と心が、温度を取り戻した。

「……なんで、来たのよ」

「えっ？」

「だって、私……酷いこと、言ったのに……」

——『そうよ、あなたでは力不足だわ』

そう言って、メリアローズはウィレムを手ひどく拒絶したのだ。

だから、彼がこうして助けに来るわけなどないと思っていたのに……。

震える声でそう零すと、ウィレムはいつものように優しく笑った。

「……あなたが素直じゃないのは、よくわかってるつもりですから」

——ウィレムは、許してくれた。

——あんなに酷いことを言ったのに……私を、助けに来てくれた。

そう意識した途端、今まで抑え込んでいた感情が一気に溢れ出してくる。

「っ……！」

瞼《まぶた》の奥から熱いものが込み上げる。

こらえきれなくなって、メリアローズは衝動のまま目の前の体温に縋り付いた。

「ばか、ばかぁ……！」

確かなぬくもりは、夢や幻じゃない。

ウィレムの胸に顔をうずめるようにして、メリアローズはひたすらに泣きじゃくったのだった。

ウィレムは泣きじゃくるメリアローズをずっと抱きしめてくれていた。

その暖かなぬくもりに縋りながら、メリアローズはだんだんと落ち着きを取り戻す。

ウィレムの服に顔を押し付けていたことに気がつき慌てて離れようとすると、そうはさせないと

ばかりにまた抱きすくめられてしまう。

「……苦しい」

「我慢してください。今だけは」

耳元でそう囁かれ、強張っていたメリアローズの体から力が抜ける。

苦しい……けど、嫌じゃない。

先ほどパスカルに触れられた時は鳥肌が立つほどの嫌悪感があったが、今はむしろ……。

「パスカル・スペンサーのことですが」

急にその名を出されて、メリアローズの体がびくりと跳ねた。

そんなメリアローズをなだめるように、ウィレムがそっと背中を撫でてくれる。

「……事情を、説明しようと思ったんですが、今は――」

「いいえ、聞きたいわ」

何故パスカルが急にこんな手に出たのか、それに何故アンセルムとウィレムが助けに入って来たのか。それに、何故ウィレムはアンセルムと同じ騎士の装いをしているのか。

今のメリアローズにはわからないことだらけなのだ。

もう体の震えはおさまっていた。メリアローズは毅然《きぜん》とした表情に見えるように、気を引き締めて顔を上げた。

するとウィレムも心配そうな表情を崩さなかったが、小さく頷いてくれた。

「パスカル・スペンサーは以前からマークされてたんですよ」

「マーク？」

「ええ、あなたも聞き及んでいるとは思いますが、密売、違法賭博、人身売買斡旋《あっせん》……裏で様々な悪行を働いていたと。反王室グループとの繋がりも指摘されている。特に、隣国へ赴いていた時は酷かったようで……危うく外交問題にも発展しかけたと」

「そうだったの……」

メリアローズのような、なんちゃって悪役令嬢ではなく、彼は本物の悪人だったようだ。

先ほど彼が手にしていた小瓶の中身を想像し、メリアローズは再び身震いした。

「今まではスペンサー公爵家の力で、ある程度は揉《も》み消されていましたが……さすがにスペンサー家もこれ以上は無理だと悟ったんでしょうね。内々にパスカルを廃嫡《はいちゃく》するという話が進んでいたようです」

「えっ!?」

「パスカルもそれを感づいて、焦ったんでしょう。そこで、マクスウェル公爵家の娘であるあなたを抱き込めば、スペンサー家もおいそれと廃嫡はできないと踏んだんでしょう」

「そう……私と結婚してしまえば、マクスウェル公爵家という後ろ盾ができると考えたのね」

そこでメリアローズは、やっとパスカルの執着の理由を悟った。

追いつめられた彼は、起死回生の手段としてメリアローズを使おうとしたのだろう。

マクスウェル公爵家の娘である、メリアローズを娶《めと》ったとなれば、スペンサー家もおいそれとパスカルを冷遇できなくなる。パスカルを冷遇するということは、その妻であるメリアローズ――ひいてはマクスウェル家への敵対行為ととられかねないからだ。

パスカルの狙いは、そこにあったのだろう。

――やっぱり彼は「マクスウェル公爵家の娘」としての私にしか価値を見出してはいなかったのね……。

「もう後がないと悟り焦ったパスカルは、強引な手を使ってでも……あなたを手に入れようとしていた」

「……………そうね」

再び強く抱きしめられて、メリアローズは素直にそのぬくもりに身を委《ゆだ》ねた。

あまりにも理解を超えた出来事が起こりすぎて、もう意地を張る余裕もなかったのだ。

今はただ、この傍らのぬくもりに身を預けていたかった。

「パスカルは公爵家の人間。いくら騎士団と言ってもやすやすと手が出せる相手ではありません。でも一度現場を押さえ、身柄を拘束してしまえば……王の名のもとに、きちんと捜査がなされ裁かれるはずです」

――現場を押さえ……あぁ、私への監禁容疑って、そういうことだったのね……。

ぼんやりとそんなことを考えていたメリアローズは、顔を上げウィレムと視線を合わせた。

「そう、それで……どうしてあなたはそんな事情に通じているのかしら」

マクスウェル公爵家の娘であるメリアローズでさえ、そこまで詳細な事情は知り得なかったのだ。

それを何故、ウィレムが知っていたのだろう。

そう問いかけると、ウィレムはどこかばつが悪そうに視線を逸らした。

「それは、その……」

「いいから白状しなさい」

ウィレムの胸にぎゅっと顔を押し付けて、もごもごとそう告げると、頭上からぼそぼそと声が聞こえた。

「あなたが……俺では力不足だというから」

「っ！」

『そうよ、あなたでは力不足だわ』

ウィレムをパスカルから遠ざけようと、メリアローズは確かに彼にそう告げた。

今思い出しても……親身になってくれた彼に対する、酷すぎる言葉だ。

「……ごめんなさい」

「別に、いいんです。何か理由があるのはわかってましたから」

「えっ？」

思わず顔を上げると、ウィレムはどこか呆れたように笑っていた。

「あなたが、何の理由もなくそんなことを言う人でないということは、よくわかってるつもりです」

その言葉に、メリアローズの胸は熱くなる。

……彼は、ちゃんとメリアローズのことを見ていてくれたのだ。

「それに、力不足なのは確かでしたから。だから……パスカルに対抗できるだけの手段を用意しようと思って」

そう言って、ウィレムは自身の身に纏う騎士服を引っ張ってみせた。

パスカルに対抗できるだけの手段……騎士団？

「それで、アンセルム様に……？」

「えぇ、兄の力を借りるというのは少し情けないとは思いましたが……ちょうどパスカルの尻尾《しっぽ》を掴もうとしていた兄と利害が一致しまして」

「あなた……騎士団に入ったの？」

「いえ、今はあくまで体験入団中です」

「えぇ……？」

果たして騎士団にそんな制度はあったのだろうか。少なくともメリアローズは聞いたことがない。メリアローズにはどうしても、アンセルムとウィレムがごり押しした結果だとしか思えなかった。

「騎士団であれば、ある程度の権限は与えられている。何とかパスカルの魔の手からあなたを遠ざけられると思ったんですが……」

そこで彼は言葉を切ると、意気消沈したように俯いた。

「……すみません。あなたをこんな目に遭わせるなんて……全部、俺のせいです」

「もう、何言ってるのよ」

メリアローズが投げ出されたウィレムの手をそっと握ると、彼の肩がびくりと跳ねた。

「あなたは、ちゃんと私を助けてくれた。……私の騎士としては、まぁ及第点ではないかしら？」

彼を元気づけたくてわざと高飛車にそう告げると、ウィレムは狙い通り小さく笑ってくれた。

その表情に、メリアローズはほっとする。

「でも、あの時のあなた……うっかりパスカルを殺すんじゃないかって、ひやひやしたわ」

「あなたが止めなければ、たぶんそうしてたと思います」

「えっ!!?」

場を和ませるための冗談かと思ったが、ウィレムは至極真面目な顔をしていた。

その反応に、メリアローズは驚愕してしまう。

「そ、そんなことすればあなただって……！」

「最悪、国外逃亡も視野に入れてました」

「ちょっと、ちょっと、ちょっと……」

彼はこんなに過激な人物だっただろうか。

メリアローズは白目をむきそうになるのを何とか堪えて、心を落ち着けて彼に向き直る。

「まさか、あなたがそんなことを考えてたなんて……」

「自分でも浅はかだとは思いますが……それも、いいかと思ったんですよ」

「え？」

「国外逃亡。叶うならば……あなたと一緒に」

逃がさないとでもいうように、しっかりとメリアローズの手を握って。

意志の強さを感じさせる翡翠の瞳でメリアローズを射抜いたまま……彼は、静かにそう告げた。

「私と、一緒に――？」

ウィレムの放った言葉に、メリアローズは信じられない思いで目を見開いた。

「……くだらない、戯言《たわごと》だと思って、聞いてください」

ウィレムはどこか戸惑いがちにそう呟くと、小さく笑って口を開く。

「もしも、あなたがマクスウェル公爵家の娘でなかったら」

ずっと気にしていた言葉が耳に入り、メリアローズの肩がびくりと跳ねる。

だがウィレムはそっとメリアローズの指に指を絡めて、そのまま続けた。

「なんのしがらみもなく……ずっと一緒にいられるんじゃないか――そう、思ってしまうんです」

「え…………？」

思ってもみなかった言葉に、メリアローズの鼓動が大きく音を立てた。

「二人で、誰も俺たちのことを知らない所まで行ってしまえば……そうなれるんじゃないかって、馬鹿みたいですよね」

ウィレムは自嘲するように笑ったが、メリアローズは笑えなかった。

彼は……メリアローズがマクスウェル公爵家の人間という価値をなくしたとしても……一緒にいてくれるのだろうか。

「公爵家の娘じゃない私なんて、きっとひどいわよ」

「俺はそうは思いません」

「お金もないわ」

「俺が稼ぎます」

「侍女もメイドもいなければ……きっと、容姿だって保てない」

「あなたはどんな風になろうと綺麗ですよ」

「私、私………何もできないわ」

メリアローズは貴族令嬢、未来の王妃候補として育てられていた。

公爵家という後ろ盾をなくし、市井で暮らすとしたら……きっと今まで会得したものは、ほとんど役に立たないだろう。

たとえ彼と一緒にどこかへ逃亡したとしても、足手まといにしかならないのだ。

だが、ウィレムはそんなの関係ないとでも言いたげに笑った。

「俺には、あなたがいてくれるだけでいいんです」

嘘や偽りを言っているようには見えない。真摯な瞳で、ウィレムはそう告げた。

「……どう、して」

メリアローズには、何故彼がそこまで言ってくれるのかわからなかった。

……本当は、メリアローズが一番、自分自身に「公爵家の娘」以外の価値を見出せないのかもしれない。

ウィレムはちらりと部屋の入り口の方に視線をやり、誰も来ないのを確認すると……ゆっくりと口を開いた。

「あなたが……『公爵令嬢』でも『悪役令嬢』でもない、メリアローズさんのことが」

ウィレムの指先がそっとメリアローズの頬を撫でる。

その優しい手つきに、メリアローズはまた涙が出そうになってしまった。

彼の、薄闇の中でも煌《きら》めく美しい翡翠色の瞳が、まっすぐに自分だけを見つめている。

その中に今までにないような、秘められた熱を見つけて、つられるようにメリアローズの体も熱を帯びていく。

ウィレムがそっと口を開く。その動きが、まるでスローモーションのように感じられる。

だがそれでも、その時はやってくるのだ。

「誰よりも、好きだから」

抑えきれない熱情を秘めたその声は、確かにメリアローズの耳に届いた。

数秒の間、メリアローズは彼の言った言葉の意味がわからなかった。

だが理解した瞬間――心臓が止まりそうになってしまう。

――ウィレムが、私を好き…………‼⁉⁉

他人にそうではないかと言われたことはある。

だが、まさかそんなはずは……と、無意識のうちに、その可能性を否定していたのだ。

しかし、本人の口から聞いてしまった以上は、もう後戻りはできない。

――ウィレムが私を好き⁉　もしかして、前に言ってた「好きな相手」って、まさか……⁉

もしそうだとすれば、彼はあのデートの時からメリアローズのことを……？

次から次へと様々な思いが溢れ……思考が爆発したようにぐちゃぐちゃになってしまうのだった。

「あ、あの……私、その、だから……」

自分でもなんて言おうとしているのかわからないまま。言葉にならない言葉ばかりを繰り返してしまう。すると、再びウィレムに優しく抱きしめられた。

その暖かな体温が、じぃんと体に染みわたっていく。

「……わかってます。今こんなことを言っても、混乱させてしまうだけだってことくらい」

ウィレムの表情が真剣味を帯びる。どきりとしたメリアローズに、彼は静かに告げた。

「……今夜は、もう戻りましょう。これ以上一緒にいると……パスカルを責められないことになる」

「え……？」

「立てますか？」

ウィレムに手を差し伸べられ、メリアローズは混乱したままその手を取って立ち上がろうとした。

だが……恐怖と安堵で腰が抜けてしまったのか、その場に崩れ落ちてしまう。

すると、ウィレムがそっとメリアローズの背中と膝裏に手を差し入れた。

「……失礼します」

「ひゃっ!?」

そのまま軽々と抱き上げられて、メリアローズは大パニックに陥った。

「お、重いから‼」

「別に重くないですって！　ほら！　動かないでください落ちる‼」

「自分で歩けるわ‼」

「こんなときくらい、格好つけさせてください‼」

ウィレムはなんと、メリアローズを抱き上げたまま部屋を出て、廊下を歩きだしたではないか。

こんなところを誰かに見られたら……とメリアローズは焦ったが、アンセルムが人払いをしたのか、誰とも遭遇することはなかった。

やがて裏口らしきところにたどり着き、ウィレムがその扉を開く。その先には、誰かが手配したのか、小型の馬車が用意されていたのだ。

ウィレムはメリアローズを抱き上げたまま乗り込み、寄り添う二人を乗せて馬車は走り出した。

ウィレムはメリアローズを離そうとはしなかったし、メリアローズも傍らの存在に身を任せていたかった。

肩を抱くようにしていたウィレムの手が、そっとメリアローズの髪を梳く。

その柔らかな刺激に、メリアローズはうっとりと目を閉じた。

——不思議。ウィレムと一緒だと、こんなに心地いいのね……。

パスカルに抱きしめられた時は、ひたすら気持ち悪かったのに、今は不思議と彼に寄り添っていたかった。

何も言わなくても、心は通じ合っている。なぜだかそんな気がするのだ。

夜の静寂や、がたごとと規則的な馬車の振動すら、優しく満ち足りたものに感じられる。

メリアローズは、ぼんやりと傍らの青年に身を任せていたが、ふと髪を梳いていた彼の手が止まる。

どうしたのだろうか、と顔を上げて、メリアローズは気が付いた。

窓の外には見慣れた景色。いつの間にか、随分とマクスウェル家の屋敷に近づいていたようだ。

その途端、はっと今の状況を思い出し、メリアローズは急に恥ずかしくなった。

思わず、ぱっと身を引くと、ウィレムの表情が固まる。だが、恥ずかしさのあまり俯いていたメリアローズは、彼の変化に気づかなかった。

やがて馬車の音に紛れて、ぽつりと小さな呟きが、メリアローズの耳に届く。

「さっき俺が言ったことは……不快だったら忘れてください」

思いがけない言葉にメリアローズが慌てて顔を上げると、ウィレムはどこか悲しそうな笑みを浮かべていた。

「忘れてって……どういう――」

「……本当は、わかってるんです。俺ごときじゃ、あなたに釣り合う訳がないってことも。弱った隙に付け込むような真似をして、あんなことを言っても、あなたを困らせるだけだってことも」

唖然《あぜん》とするメリアローズの目の前で、ウィレムはどこか自嘲するように笑った。

「あなたをわずらわせるような真似はしたくなかった。あなたを守ることができればそれでいいと思っていた。でも……どうしても、抑えられなかったんです。もう他の奴に遅れは取りたくない……そんな風に、考えてしまうんです。あなたを……誰にも渡したくない」

彼の綺麗な翡翠色の瞳が、まっすぐにメリアローズを射抜く。

その途端、メリアローズの心もじわりと熱を持つ。

――こんな風に誰かに求められたのは……初めてかもしれない。

今まで何度も貴公子たちに求愛された。花束に甘い言葉に宝石に……彼らはメリアローズの気を引こうと、ありとあらゆる方法を講じていたようだ。

でも、それでも……こんな風に心を揺さぶられたことは、今までなかった。

――……ウィレムは、「マクスウェル公爵家の娘」ではなく、「メリアローズ」を好きでいてくれる。

彼の視線が、声が、伝わるぬくもりが……確かにそう物語っていた。

そう実感した途端、胸が一杯になって……メリアローズの瞳からぽろりと涙が溢れ出してしまう。

その途端、ウィレムは先ほどの真摯な態度から一転して、慌てふためいた。

「メリアローズさん⁉　すみません、まさか泣くほど嫌だとは――」

「ち、違うの……」

「本当にすみません。そこまで不快なら、いますぐ俺は馬車から飛び降りますので！」

「だから違うって言ってるじゃない‼」

冗談ではなく、本当に馬車から飛び降りようとしたウィレムを慌てて制止し、メリアローズはぎゅっと彼に抱き着いた。

「メリアローズさん⁉」

「違うの、違うのよ……。私、嬉しくて……」

不快だなんて、そんなはずはない。

そうメリアローズは確かに……彼に想いを告げられ、嬉しかったのだ。

メリアローズは生まれた時から、マクスウェル公爵家の娘だった。物心つく前からそのように育てられてきたのだ。

貴族の娘など、言ってしまえば「婚姻」という手段に使える政略の駒だ。メリアローズは、それを不幸だと思ったことはない、ごく当たり前のことだと受け入れていたのだ。

もちろん、恋物語の中のような甘いロマンスに憧れてはいた。それでも、憧れと現実は違うのだということもちゃんと理解していた。

だが……。

そんなメリアローズの心は、少しずつ変わっていったのだ。

きっかけは、自分と同じような運命に生まれついたと思っていたユリシーズ王子が、田舎の娘を見初めたという話を聞いたことだった。

興味本位で大臣の持ち掛けた計画に乗り、同じ使命を帯びた仲間たちと出会った。

皆で王子の恋を成就させようと駆け回り……メリアローズの考えは確かに変わったのだ。

王子の恋を応援しているうちに、メリアローズの心にも小さな思いが芽生え始めていた。

――いつか私も、素敵な恋ができるかしら……。

政略のための冷たい婚姻ではなく、想いの通った相手との幸せを掴み取ること。

幼い頃からメリアローズがあえて諦めていたものに、手を伸ばしてみたくなったのだ。

――私が恋をするなら、その相手は……。

うわべだけの美辞麗句を囁くだけではなく、腹を割って話し合い、笑いあうことができる人。

上品なダンスを踊るだけではなく、時には下町に降りて、一緒に歩いて楽しんでくれる人。

マクスウェル家の娘としてでなく、「メリアローズ自身」を見てくれる人。

そして……ずっと傍にいて、メリアローズを守り、支えてくれる人。

そんな相手が……。

「……すぐ近くに、いたのね」

どうして気づかなかったのだろう。

あまりに近すぎて、逆にわからなかったのだろうか。

彼は物語の中の騎士のように、完璧な人間じゃない。最初は頼りなさそうな青年だとメリアローズは思っていた。だが彼は、いつもメリアローズを支え、傍で守っていてくれた。

気がつけば彼のことを目で追うようになっていた。

彼が他の女性に好意を抱いているのではないかと思うと、胸が苦しくなるようになった。

夜会の場で他の令嬢に囲まれているのを見た時には、無性にイライラした。

その理由が、やっとわかった。

そっと顔を上げると、こちらを見ていたウィレムと視線が合う。

なんだか恥ずかしくて、メリアローズは小さく囁いた。

「私ね……ずっと諦めてたの。お話の中にあるような、素敵な恋をすること」

「メリアローズさん……」

「でも、ユリシーズ王子をを見ていたら羨ましくなって……考えたの。私が恋をするならどんな相手がいいかなって」

　ウィレムが息をのんだのがわかった。

　メリアローズは穏やかに微笑み、そっと目の前の青年に抱き着く。

「私ね、あなたと恋がしてみたい」

　そう口にした途端、愛しさが溢れ出してくる。

　ウィレムの腕がメリアローズの背中にまわったかと思うと、強く抱きしめられた。

「……いいんですか、俺で」

「だって……他に思い付かないんだもの」

「あなたらしいですね」

　二人で顔を見合わせ、くすりと笑う。今までになく、心が満ち足りている。

　まっすぐにこちらを見つめる彼の瞳には、メリアローズの姿がはっきりと映っている。

　――今、彼が見ているのは、私だけ……。

　そう思うと嬉しくなって、メリアローズはそっと微笑んだ。

　ウィレムの手が、優しくメリアローズの頬に触れる。そのまま形を確かめるように頬から顎先まで撫でられる。まるで、大事な宝物に触れるように。

そう意識した途端にメリアローズは恥ずかしくなり、慌てて空気を変えるように口を開いた。

「お兄様に報告しなくっちゃ！」

「…………覚悟はしておいた方がいいですね」

「覚悟？」

きょとん、と首をかしげると、ウィレムは少し困ったように笑った。

「……どう考えても、伯爵家の三男の俺と、公爵家の娘であるあなたでは釣り合いが取れない」

「そんなの……！」

「……だとしても、俺は諦めるつもりはありませんから」

ウィレムがそっとメリアローズの手を握る。メリアローズは高鳴る鼓動を感じながら、そっと息を吸った。

――公爵家の皆は、認めてくれるかしら……。

父は、母は、兄は、何というだろうか。

ウィレムは伯爵家の三男で、未だ学生の身である。そんな彼を、皆はどう思うだろうか。

舞い上がっていたメリアローズもその事実を思い出し、少し不安になってしまった。

――……いいえ、きっと大丈夫よ。

そう自分に言い聞かせ、ウィレムの手を握り返す。

――絶対に、諦めたりしないわ。やっと掴んだものを、逃したくはないもの……！

傍らの確かなぬくもりを感じながら、メリアローズはそう決意した。

3章　元悪役令嬢、勝利の乙女になる

「なるほど、ね」

目の前の兄は、じっと値踏みするような視線を、メリアローズの傍らのウィレムに向けている。

少なくとも、歓迎するような雰囲気ではない。

気圧されないように、ぎゅっと拳を握り締め、メリアローズは口を開いた。

「お兄様、以前おっしゃいましたよね。学園を卒業する頃までに、ある程度相手を選んで来いと」

「あぁ、言ったね」

「……私は、彼――ウィレムを、その相手に選びたいの」

マクスウェル邸の、執務室にて、メリアローズとウィレムは、二人でメリアローズの兄であるアーネストに対峙している。

ウィレムと思いが通じ合ったことについての報告だ。

いつもメリアローズに優しい兄ならば歓迎してくれるかと思ったが、彼はどこか冷ややかな視線をウィレムに注いでいる。

メリアローズはらしくもなく緊張してしまい、ごくりとつばを飲み込んだ。

「……今一度、君のことを教えてくれないか」

「失礼しました。ハーシェル伯爵家のウィレムと申します。メリアローズさんとは同じ学園に通っています」

「ハーシェル家……あぁ、君の兄の評判は僕もよく聞くよ」

アーネストはくすりと笑うと、優雅に長い脚を組みなおした。

「それで……君はメリアローズのことをどう思ってる？」

率直な問いにメリアローズはどきりとしたが、ウィレムは動揺することもなく真摯に答えた。

「二人といない、素晴らしい女性です。心より慕い……愛しています。許されるのなら、一生傍でお護《まも》りしていくつもりです」

そのストレートな言葉に、メリアローズの顔は一瞬で真っ赤になった。

──あ、愛しているですって……？　一生傍で護るって……‼？

恋愛小説さながらの恥ずかしすぎる想いの吐露に、メリアローズは思わずその場でじたばたと暴れたくなってしまう。

だが、兄とウィレムの手前なんとか衝動を抑え、アーネストに向き直った。

「兄さま、私はウィレムのことをよく知ってるわ。……彼は、他の人とは違うの。ちゃんと、私を見てくれる」

「…………そうか」

アーネストはふぅ、と大きく息を吐くと、にやりと口角を上げた。

「メリアローズ、それはお前が、そう思ってるだけじゃないのかな？」

「えっ⁉︎」

思わぬ言葉にメリアローズは面食らったが、ウィレムはアーネストの反応を予期していたかのように、微動だにしていない。

「な、何を言っているの、お兄様……ウィレムは――」

「メリアローズ、隣の彼がお前を誠実に愛していると、お前は信じきっているようだけど……正直僕は疑っている。他の者と同じように、お前を騙そうと近づくハイエナなのではないのかとね」

「お兄様！」

「……大丈夫です、メリアローズさん」

侮辱するような言葉に思わず頭がかっとなってしまったが、いきり立つメリアローズは、当のウィレムに宥められた。

「ひどいわ、お兄様！」

「いえ、アーネスト様のおっしゃることも当然です。でも……」

ウィレムは反論しようとするメリアローズを軽く制し、まっすぐにアーネストに向かい合った。

「信じてもらえないかもしれませんが、自分はメリアローズさんの、家柄や地位に惹かれたわけではありません」

「ふぅん……じゃあ、どこに？」

「……すべて。彼女の全てを、愛しています」

その言葉を聞いた途端、メリアローズは思わず泣きそうになってしまった。

――ウィレムはいつも、私の欲しい言葉をくれる……。

彼は「マクスウェル公爵家の娘」ではなく、「メリアローズ自身」を見てくれる。

そんな相手を、メリアローズはずっと待っていたのかもしれない。

幼い頃から抱え続けていた不安が、心の中の凍《い》てついた部分が、少しずつ溶かされていくようだった。

だが真っ直ぐに言い切ったウィレムに返ってきたのは、アーネストの嘲るような冷笑だった。

「言葉だけならなんとでも言える。正直、メリアローズの相手として今の君じゃあ力不足だ」

その言葉に、ウィレムは唇を噛み、メリアローズはぎゅっと拳を握り締めた。

兄の言うことは正論だ。メリアローズの中の冷静な部分は、きちんとそう理解していた。

貴族の元に生まれた女性は、政略結婚の駒として重要な意味を持っている。

兄は自由に相手を選んでいいとは言っていたが、それはあくまでも「ある程度の基準を満たした」相手の中で、という意味だったのだろう。

ウィレムはハーシェル伯爵家の三男。財力や権力といった面では、ほぼ何もないに等しい。

メリアローズとて、王子の恋を成就させる計画の中で彼に近づかなければ、伯爵家の三男を結婚相手に……などとは考えもしなかった。

マクスウェル家の者からすれば、彼がメリアローズを誑《たぶら》かし、公爵家に取り入ろうとする、ヒモ男のように見えても仕方ないのかもしれない。

ぐっと押し黙った二人に、アーネストはやれやれと肩をすくめた。

「だからといって……頑《かたく》なに反対して、駆け落ちでもされたらそれこそ大問題だ。どうしたものかな」

もしもの時は……と、兄の言う通りのことを考えていたメリアローズは慌てたが、ウィレムはしっかりとアーネストを見据えたまま口を開く。

「確かに、今の俺には何もありません。ですが……必ず、妹君にふさわしい男になってみせます」

「ほぉ……？」

アーネストは興味深そうに笑うと、再び優雅に足を組みなおした。

「……なら、証明してもらおうか」

「証明……？」

はらはらと成り行きを見守るメリアローズの前で、アーネストはゆっくりと口を開いた。

「ハーシェル家は代々騎士の家系だそうだね。……次の王国祭での剣術大会での優勝。それが最低条件だ。もし優勝できなければ……悪いがメリアローズのことは諦めてくれ」

驚く二人を前に、アーネストはにこりと笑った。

「メリアローズにふさわしい相手になるのならば……このくらいは余裕だろう？」

ここクロディール王国では毎年建国記念日の前後に、国を挙げた「王国祭」が開かれている。特に王都では多くのイベントが開催されており、その中でも若者向けの剣術大会は特に人気の高いイベントだ。

参加資格が与えられるのは十五～二十歳の若者であり、身分は問わない。

この大会は王国騎士団が有望な若者をスカウトする場だともいわれており、優勝者は将来騎士団での出世が約束されているとも言われている。

──その場で優勝しなければ、お兄様は認めてはくださらない……。

メリアローズは不安になって眉を寄せた。

毎年剣術大会では、白熱した戦いが繰り広げられている。メリアローズとて、ウィレムの強さは知っている。だが今の彼は学生の身。毎日鍛錬に打ちこんでいる騎士団の若手や、各地の有力貴族が送り込む選りすぐりの戦士たち相手に勝ち抜けるかどうかは……。

「承知いたしました。必ず優勝して見せます」

「⁉」

だがメリアローズの心配をよそに、ウィレムは少しも動じることなくそう言ってのけた。

その反応に、アーネストは余裕たっぷりの笑みを浮かべる。

「そうか、では期待しているよ。……メリアローズ、彼と二人で話したい。少しだけ席を外してくれるかい」

「……お兄様。いくらお兄様でも、ウィレムをいじめたら私許しませんからね！」

念のためそう釘を刺しておくと、アーネストはやれやれと肩をすくめた。

「そうだね、可愛い妹に嫌われてしまうのは、さすがの僕でも勘弁願いたいな」

「絶対ですからね！　もしウィレムをいじめたりしたら……三日間絶交の上に、お兄様が書き溜めてる恥ずかしいポエムを王宮の中で朗読して回りますからね！」

そう釘を刺し、メリアローズは仕方なく執務室から退散した。

二人で何を話しているのかはわからないが、ウィレムとアーネストは中々執務室から出てこなかった。メリアローズがやきもきしながら廊下を二十五往復ほどした頃だろうか、ようやく重い扉が開き、中からウィレムが現れた。メリアローズは慌てて彼に駆け寄る。

「ねぇ、大丈夫だった⁉　お兄様は何を――」

「……大丈夫です。あらためて、本気であなたを手に入れるつもりなら、覚悟を決めろと話をされました」

「ウィレム……」

ウィレムには少しも怯《ひる》んだ様子はない。

それでも、メリアローズはどうしても心配になってしまうのだ。

――もしウィレムが優勝できなかったら、きっと……私たちは引き離されてしまうわ。

そう想像して悲しくなり、メリアローズは顔を伏せた。すると、ウィレムの指がそっとメリアローズの頬に触れる。

「……安心してください。必ず、あなたに勝利を捧げます」

まるで物語の中で戦いに赴く騎士のように、ウィレムはそう告げた。

その瞬間、メリアローズの頬がぱっと紅潮する。

「も……」

「も？」

「もう！　格好つけすぎよ‼　メガネの癖に‼」

「酷っ！」

ぽかぽかとウィレムの胸を叩きながら、メリアローズはぎゅっと目を瞑《つむ》った。

――メガネの癖にこんなにかっこいいなんて……反則よ‼

きっと今の自分の顔は、自慢の紅がかった髪と同じくらい、真っ赤になっていることだろう。

そんなメリアローズをなだめるように、ウィレムがそっとメリアローズの肩に触れる。

「……恰好《かっこう》くらい、つけたくなるんですよ」

「なによそれ……」

「待っててください。きっと……いや、絶対に。あなたの隣に立つのにふさわしい男になってみせます」

「ウィレム……」

ウィレムの強い意志を秘めた翡翠の瞳が、じっとメリアローズを見つめている。

視線が絡まり合い、まるで捕らわれたように動けなくなってしまう。

そのまま、二人が無言で見つめ合っていると……。

「あぁ、お嬢様にもやっと春が……」

「どんなにこの日を待ちわびたことか……」

「ますます身だしなみにお手入れに、手が抜けませんね！」

メリアローズとウィレムが、恥ずかしいやりとりを繰り広げていたのは、公爵邸のだだっ広い廊下の真ん中だったのである。曲がり角の柱の陰からは、メリアローズのお付きのメイドたちがきらきらした瞳でばっちり二人の行方を見守っていたのであった。

——み、見られた……⁉

「ひゃあああぁぁぁ‼」

遂に恥ずかしさが極限に達して、メリアローズはその場から逃走し自室への籠城を決め込んだのであった。

◆　◆　◆

メリアローズの兄、アーネスト——ひいてはマクスウェル公爵家に、ウィレムとの仲を認めてもらうためには、彼が今年の王国祭の剣術大会で優勝しなければならない。

それと同時に、メリアローズにもある役目が振られることとなったのだ。

「勝利の乙女役……ですか？」

「あぁ、メリアローズも知っているだろう？」

「もちろんです」

王国祭での剣術大会は、名目上は勝利の女神に捧げる大会となっている。

その勝利の女神の代行者……というと偉そうだが、単に女神の代わりに戦いを見守り優勝者に栄誉を与える役割を、毎年選ばれた若い娘が担うことになっている。

どうやら今年はメリアローズが、その「勝利の乙女役」に選ばれたようだ。

……というよりも、きっとこの目の前の兄が手を回した結果なのだろう。

「古来より、勝利の乙女は戦の当日まで、一人神殿に籠り禊《みそぎ》を行っていたようだよ。さすがに今はそこまでは求められていないが……くれぐれも、夜会で遊び歩いたりといった俗っぽい行いは避けてくれよ」

しばらく、メリアローズは兄の言葉の意味がわからずにぽかんとしてしまった。

だがすぐに彼が何を言おうとしているのかを察し、思わず笑みがこぼれてしまう。

――兄さま、気を遣ってくださったのね……。

パスカルは騎士団に捕まり、未だ拘留されたままだ。彼がメリアローズに復讐しにやって来る……可能性はほぼゼロに近いだろうが、それでもメリアローズは怖くなってしまっていた。

パスカルも、あの日のような夜会の場も。

あの夜の事件は、ごく限られたものにしか知られていない。だが元々パスカルが後ろ暗いものを抱えていたのは、公然の秘密と言っていいほど人々には知られていた。だからこそ、パスカルが社交の場から消えても、人々は「それみたことか」と訳知り顔で囁き合うだろう。

メリアローズは彼らの憶測交じりの噂話のことを考えると、どうしても気が重くなってしまう。だから、パスカルがいなくなった今となっても、そんな夜会のことを考えると憂鬱《ゆううつ》で仕方なかったのだ。

おそらく兄はメリアローズに「勝利の乙女役」という大義名分を与えて、しばらく社交の場を休ませてくれようとしているのだろう。

「そうですね……私も勝利の乙女になりきるために、目立つ行動は控えようと思っていましたの」

「それがいい。メリアローズは演技が得意だから、心配はしていないけどね」

一年間悪役令嬢を演じた時のことを言っているのだと気がついて、メリアローズは羞恥で頬が熱くなるのを感じた。

◆　◆　◆

いくら社交の場を休むと言っても、さすがに学業は休めない。

数日間ゆっくり心身を落ち着け、メリアローズは学園へと復帰を果たしたのだった。

だが、そのたった数日の間に、学園の中ではとんでもない噂が広まっていたのだった。

「メリアローズ様ぁぁ！　今度の王国祭の剣術大会で優勝した相手が、メリアローズ様のお婿さんになるって話は本当なんですか⁉︎」

校門をくぐった途端、突進してきたジュリアに一息でそんなことを問いかけられ、メリアローズは一瞬フリーズしてしまった。

「……ちょっと待って、ジュリア。落ち着きなさい」

「落ち着いてなんていられませんよぉ‼　ものすごいゴリマッチョなひとだったらどうするんですか⁉︎　メリアローズ様意外とゴリマッチョ好きだったりするんですか⁉︎」

「あぁもう！　落ち着きなさいと言っているでしょう‼」

明らかに周囲から好奇の視線が突き刺さっている。

……ということは、単にジュリアの早とちりではなく、実際にそのような曲解された噂が広まってしまったのだろう。

——まったく、なんでそうなるのよ……！

メリアローズが今年の「勝利の乙女」を務めることは、既に公表されている。

そこから最近の求婚ラッシュや何やらで、噂に尾ひれがついてついてつきまくって……こんな状態になってしまったのだろうか。

大声で慌てるジュリアをなんとか宥めようとしていると、小走りで見覚えのある姿がこちらにやってくるのが見えた。

「メリアローズ様、ジュリアさん。少しあちらでお話をしませんか」

そう切り出したのは、今日は隣に王子を伴っていないリネットだった。

一刻も早くこの場を逃げ出したかったメリアローズは、一も二もなく頷く。

「ほら、行くわよジュリア」

「わーん、メリアローズ様がゴリラの餌食《えじき》にぃ……」

いったいどんな想像をしているのか、涙ぐむジュリアを引っ張って、メリアローズはリネットに先導されるがままに、その場を後にした。

さすがに王子の婚約者であるリネットがいるとなると、興味本位で追いかけてくる生徒もいない。将来の王妃であるリネットの心証を悪くしたくはないのだろう。

リネットに連れられてやって来た学園の片隅で、メリアローズはゆっくりと、ジュリアに言い聞かせた。

「いい、ジュリア。言いたいことはあるだろうけど、ちゃんと落ち着いて聞くのよ」

最初にそう凄むと、ジュリアはその勢いに押されたのか、こくこくと何度も頷いている。

そうしてメリアローズは、まずは王国祭での「勝利の乙女」役を引き受けたことについて、懇切丁寧に説明した。

「だから、私はただの象徴的な役割を引き受けただけであって、それ以上でもそれ以下でもないのよ。あ、でも……」

別に、剣術大会での優勝者がメリアローズと結婚する権利を得るわけではない。

だが、ただ一人については話は別なのだ。

――ウィレムが、優勝すれば……。

ウィレムが剣術大会で優勝すれば、兄はメリアローズとウィレムとの関係を認めると言っていた。

――『……安心してください。必ず、あなたに勝利を捧げます』

ウィレムはメリアローズの目の前で、必ず優勝して見せると誓ったのだ。

その時のことを思い出して途端にメリアローズは赤くなってしまう。

「……メリアローズ様？」

「はっ！」

うっかり回想に耽《ふけ》っていると、目の前のジュリアから心配そうに声を掛けられた。

そちらに視線を戻すと、ジュリアとリネットが心配そうな瞳でメリアローズを見つめている。

――二人には……話しておくべきね。

メリアローズは二人のことを信頼していた。

この二人なら、迂闊に噂を広めたりすることはないだろう。

それに……ウィレムとのことを思い出すととにかく恥ずかしくてたまらないのだが、それでも誰かに話したくて仕方がなかったのだ。

「あのね、この前の夜会の時に……私、ちょっと危険な目に遭って――」

「「えぇっ⁉」」

声をそろえて仰天したリネットとジュリアに、メリアローズは慌てて弁解する。

「で、でもね！　ウィレムが助けてくれたの！」

「まぁ……！」

「その場にいたら、私がメリアローズ様をお助けしていました‼」

「あ、ありがとう……。それでね……」

嬉しそうなリネットに、何故かジュリアは悔しがっている。そんな二人を前に、次の言葉を口にするのには勇気がいったが、メリアローズは意を決して口を開いた。

「それで、ウィレムが………私のことを好きだって……‼」

――言っちゃった。言っちゃったわ‼

意を決してそう告げた途端、メリアローズは猛烈に恥ずかしくなり手で顔を覆ってしまった。

だが、てっきり驚くかと思ったリネットとジュリアは、特に驚く様子もなく続きを待っているようだった。

……これはおかしい。

「……驚かないの？」

「いえ、その……」

何故か言いよどむリネットの隣で、ジュリアがむぅ、と頬を膨らませる。

「メリアローズ様。ウィレム様がメリアローズ様を好きだってことなら、普通にみんな知ってますよ」

「えぇっ!!?」

少し悔し気な表情のジュリアにそう言われ、メリアローズは瞬時に真っ赤になってしまった。

――みんな知ってるって……どういうことなの!!?

「な、何で知ってるの!?」

「だって見てればわかりますもん！　ねぇリネット様!!」

「えぇっと……そうですわ！　メリアローズ様、それでメリアローズ様はなんとお答えに……」

リネットにそう問いかけられ、メリアローズはもじもじと俯きながら、小さく口を開いた。

「その……私も、あなたと恋がしたいって……」

「ひゃぁ……!!」

「ふぁっ!?」

その途端、リネットは照れたように頬に手を当て、ジュリアは大きく目を見開いた。

その反応に、メリアローズはまたしても頬に熱が集まるのを感じた。

羞恥のあまり、その場に崩れ落ちかけたが、何とか踏みとどまった。想いが通じたからといって、何もかもうまくいったわけではないのだ。そのことも伝えなければ。

「でも……お兄様が、今のウィレムじゃ私にはふさわしくないって……」

「……アーネスト様のお考えもわかります。大事なメリアローズ様を託すのであれば、それなりの相手に……と思うのは仕方ありません」

先ほどから黙ったままのジュリアの横で、じっと考え込むようにしていたリネットがそう口にした。

メリアローズもそれはよくわかっている。メリアローズたちは、ウィレムという者がどんな人間なのかをよく知っている。だが、兄はそうではないのだろう。

彼から見れば、ウィレムも他の貴公子たちと同じように、マクスウェル公爵家の力目当てで寄ってくる、ハイエナのような存在に見えているのかもしれない。

「でも……お兄様は言ったの。ウィレムが今年の剣術大会で優勝すれば、私たちの関係を認めてくれるって……」

その言葉を聞いたジュリアがピクリと反応したのだが、もじもじと照れたままのメリアローズは気づかなかった。

「……大丈夫です、メリアローズ様、ウィレムは必ずや、メリアローズ様の為に優勝を成し遂げるはずです」

リネットに力強く励まされ、メリアローズは小さく頷いた。

やっと、自分の気持ちに素直になることができた。

その相手――ウィレムも、メリアローズのことを好きだと言ってくれた。

だが、ウィレムが剣術大会で優勝できなければ……二人は引き離されてしまうかもしれない。

――大丈夫よ、ウィレムは強いもの……！

そう自分に言い聞かせ、メリアローズは不安を押し殺す。

しかし、自分のことで精一杯になっていたメリアローズは気づいていなかった。

「優勝、優勝……？」

ジュリアがひたすらぶつぶつと、そう呟いていたことに……。

◆◆◆

「珍しいな、お前が稽古《けいこ》を頼みに来るなんて」

「もう、なりふり構ってる暇はないので」

物珍しそうに目を丸くしながらも、どこか嬉しそうな兄を前にして、ウィレム・ハーシェルは真摯にそう告げた。

「剣術大会の為に稽古をつけて欲しい」と頼み、事情を説明すると、兄――アンセルムは膝を叩いて笑ったのだ。

「まさかお前がこんな大胆な真似をするとはね……！　はぁ、マクスウェル公爵家のご令嬢に真正面から求婚か。海老《えび》で鯛《たい》を釣るというかなんというか……」

「一応言っておくと、別に俺は彼女が公爵家の人間だから求婚したわけじゃないんで」

少々むっとしつつそう言い返すと、アンセルムはにやにやと意地の悪い笑みを浮かべていた。

彼に懸想する純真な乙女たちには、とても見せられない表情である。

「それはそうかもしれないが……なぁ、ウィレム。１００％周りはそう受け取ってはくれないぞ。客観的に見れば、どう考えてもお前は逆玉の輿狙いの身の程知らずだ」

「……わかってる」

ウィレムは、自分自身とメリアローズが釣り合わないことくらいよくわかっている。

彼女は高貴な公爵家の至宝。それに比べて自分は何の功績もなく、伯爵家の跡取りですらない。

大事な娘に寄りつく害虫として、マクスウェル公爵家に消されていないのが不思議なくらいだ。

――それでも、想いは通じ合っている。

だからこそ、ここで諦めるわけにはいかない。

ウィレムは昔から、何事においても高望みはせずに生きてきた。

物心ついた時には、既に伯爵家の三男という、自分の立場をよくわきまえていたように思う。

伯爵家の跡取りという立場も、地位も名誉も称賛も、何もかもは優秀すぎる兄のものだった。

それを羨ましく思ったことがないと言えば嘘になるが、何事においても優秀すぎる程優秀な兄を見ていると、もはや競う気力すら湧いてこないのだ。

どうあがいても、自分では兄のようにはなれない。そう、諦めていたのかもしれない。

――自分はほどほどの所で、それなりに不自由しない暮らしが送れればそれでいい。

そんな考えで、何事にも真剣に取り組むことはなく、ただ漠然と日々を過ごしてきた。

大臣の持ち掛けた馬鹿馬鹿しい計画に乗ったのも、国の重鎮である彼や、ユリシーズ王子に近づくことができれば、楽にそこそこのポジションを手に入れられるかもしれないという、打算的な考えからだったのだ。

だが、その計画の中でウィレムは出会ってしまったのだ。

どんな馬鹿馬鹿しいことにも全力で真摯に取り組む、目の離せない悪役令嬢に。

最初はとんでもない人だと思っていた。

そもそも悪役令嬢などという損な役回りを好んで引き受けるなど、正気の沙汰だとは思えない。

それでもいつの間にか、必死な彼女に振り回されるうちに……どうしようもなく惹かれてしまったのだ。

彼女はいつも一生懸命だった。残念ながら彼女の努力は、本来の目的に対して散々な結果となったが……ユリシーズ王子とリネットが無事に結ばれたのは、間違いなくメリアローズの努力の賜物《たまもの》だろう。

いきいきと悪役令嬢を演じる彼女は眩しかった。

周りに甘やかされ育ったお嬢様かと思えば、危険を顧みず他者の為に戦おうとする。

凛《りん》とした表情も、少し迂闊なところも、大胆なところも……何もかもが好ましく、愛おしく思えるようになるのに時間はかからなかった。

もっと彼女を見ていたい。傍にいたい。守りたい。誰にも渡したくはない。

叶うはずはないと知りつつも、どんどんと想いは募っていく。悪役令嬢を演じるのをやめてから、メリアローズの周りには常に求愛する男が絶えなくなった。

パスカル・スペンサーのような者が彼女に触れているのを見るたびに、嫉妬でどうにかなりそうだった。

メリアローズの周りには、ウィレムよりもずっと彼女にふさわしい貴公子たちがいる。

何も持たないウィレムがメリアローズの愛を得るなどというのは、叶うはずのない願いだった。

潔くこの想いを伝えて、拒絶されたならきっぱりと身を引き、陰から彼女のことを見守ろうとも決めていた。

だが、それでも……。

──『私ね、あなたと恋がしてみたい』

あの時の夢見るような甘い声色を、柔らかなぬくもりを、暖かな体温を、今でもはっきりと思い出すことができる。

手が、届いたのだ。

メリアローズはちゃんとウィレムのことを見ていてくれた。

──彼女は、他の誰でもなく俺を選んだんだ。

地位も名誉も、何もかもは自分の上にいる誰かのものだった。

それでも彼女だけは……他の誰でもなく、ウィレム自身を選んでくれたのだ。

だからこそウィレムは、メリアローズにすべてを捧げようと決めた。

周囲の者から見れば、きっと自分はとんでもなく分別のない男に見えることだろう。

そんなことは百も承知だ。

メリアローズの兄からも、「婚約も何もしていない今の状態で、少しでも手を出したら君を消す」と散々に脅された。

だが、そんなことで怖気《おじけ》づくウィレムではない。

厳しい条件付きとはいえ、彼はウィレムにメリアローズを託すチャンスを与えてくれた。

絶対に、負けるわけにはいかない。たとえ相手がどんな精鋭騎士であろうとゴリラであろうとドラゴンであろうと、ウィレムは必ずや勝利をメリアローズに捧げなくてはならないのだ。

ウィレムの決心が固いとわかったのだろう、アンセルムはにやりと笑って立ち上がる。

「俺は厳しいぞ。相手が弟だからと言って手は抜かない」

「望むところだ。逆に手を抜かれたりしたら困る」

正面からそう告げると、兄はふっと笑った。その表情は、どこか嬉しそうに見えた。

「よろしい。ならばお兄ちゃんが全力で鍛えてあげよう。血反吐《へど》を吐いてもリタイアは許さないので、そのつもりでね」

しっかりと頷いて見せると、アンセルムはすっと表情を引き締めた。

弟をからかう兄の顔から、部下を鍛える騎士の顔へと変わる。

巷の乙女たちには「理想の騎士様」と人気のアンセルムだが、騎士団の若年層からは「鬼教官」と恐れられていた。

ウィレムも幼い頃から彼のスパルタ指導を受けていたが、それが嫌で仕方なくて、ひたすら逃げ回っていたものである。

――だが……もう、逃げない。逃げるわけにはいかない。

少しでもメリアローズに見合う男になるために、こんなことで音を上げるわけにはいかない。

弟としてではなく、教えを乞う者の立場で礼をすると、アンセルムはにやりと口角を上げた。

「……いい覚悟だ」

そのまま、二人で連れ立って訓練場へ向かう。

その道すがら、アンセルムは思い出したようにウィレムの方を振り返った。

「そういえば今度の剣術大会。優勝者はあのメリアローズ嬢の婿候補になるらしい……なんて盛り上がっているらしいね」

「どこからそんなデマが……」

「現在彼女に求婚している者の他にも、各地の有力貴族がこぞって実力者を送り込もうとしてるとか。あぁそれと……」

アンセルムは足を止め、真剣な表情でウィレムに告げた。

「隣国から留学中のロベルト王子……彼も出場するって噂だ」

「え？」

「彼の剣の腕はかなりのものだと聞いている。……ライバルが多くて大変だな、ウィレムは」

やれやれと肩をすくめたアンセルムに、ウィレムは静かに告げた。

「誰が相手でも、負けるつもりはないんで」

「随分大胆なことを言うようになったなぁ……これも愛の力ってやつかな？」

「自分で言ってて恥ずかしくないのか……」

「別に？　でも優勝すればメリアローズ嬢の婿候補か。俺もあと少し若ければ……」

「はぁ⁉」

まさかこの兄もメリアローズのことを……⁉　とウィレムは思わず素っ頓狂な声を上げてしまう。

すると、アンセルムはげらげらと笑いだしたのだ。

その反応にからかわれたのだと気がついて、ウィレムは兄を睨みつけた。

「心配するな、お兄ちゃんは可愛い弟を応援してるから」

「……はぁ」

「でも義妹との禁断の恋ってシチュエーションはそそられるな」

おそらく冗談だろう、とウィレムは無反応を貫き通した。

だが、念のためメリアローズをアンセルムに近づけないでおこう、とも誓ったのだった。

◆◆◆

そわそわしているうちに、あっという間に王国祭当日がやって来てしまった。

メリアローズの為に優勝してみせると宣言して以来、ウィレムは忙しいのかほとんど学園にも顔を出していない。

まさか逃げ出すとは考えられないが……メリアローズはどうしても心配になってしまうのだ。

「そんな心配すんなって。あいつのことだから、寝る間も惜しんで特訓してんだろ」

「それも心配なのよ……」

「それにしても、剣術大会で優勝できなければ交際を認めないとはなぁ……。シンシアちゃん、メリアローズの兄貴って前からそうだったのか？」

「はい、バートラム様。シスコン様は随分とアーネストでいらっしゃいますから」

「シンシア、逆逆」

バートラムとシンシアの他愛ない会話につっこみを入れつつ、メリアローズは大きくため息をついた。鏡に映る自身は、花飾りが散らされた古代風な白のエンパイアドレスを身に纏い、頭頂部には花冠が乗せられている。これが、「勝利の乙女」役の正装になる。

まぁ、見た目だけならそれなりね……と身だしなみチェックを済ませ、メリアローズは背後を振り返った。

「ところでバートラム？」

「ん？」

「あまりに自然で気づかなかったのだけれど、あなたなに普通にレディの私室に入ってきているのかしら？」

早朝からメリアローズやお付きのメイドたちがばたばたと支度を済ませる中、気がつけばこの男はメリアローズの部屋にまで入り込み、優雅にメイドたちのもてなしを受けていた。

メリアローズも彼とくだらない会話を交わす内に「そういえばなんでバートラムはここにいるのかしら……?」とやっと疑問に思ったのである。

「おいおい、人を侵入者みたいに言うなよ。メリアローズちゃんいますかー? って声掛けたら、普通に入れてくれたぞ」

「まったく、うちの警備はどうなっているのかしら……!」

まぁ推測するに、バートラムはよくこの屋敷にやって来ていたので、顔パス状態だったのだろう。いくらなんでも、メリアローズの私室にまで、ずかずか入り込むのはどうかと思うが。

余りに自然すぎるその態度。案外、彼は諜報員などに向いているのかもしれない。

果てしなくどうでもいい発見をしてしまったわ……と、メリアローズは嘆息した。

「それで、あなたがここに来た目的は?」

ただ単に、メリアローズをからかいに来ただけではないのだろう。

じっと見つめると、バートラムは観念したように肩をすくめた。

「いや……ジュリアがここに来てるかと思ったんだが、あてが外れたみたいだな」

「ジュリア? あの子がどうかしたの?」

「あいつ、どこにも見当たらないんだよ。最近は話しかけても『そんな、駄目です……。ゴリラローズなんて……』とか、意味わかんねぇことばっかり言ってたんで……ちょっと心配でな」

バートラムの言葉を聞いて、メリアローズも「そういえば……」と思い出した。

確かに、最近のジュリアはどこかおかしかった。

腕や指に包帯を巻いていたこともあった。どうしたのかと聞くと、修行のため、熊と戦っている最中に木から落ちた、などとよくわからないことを言っていたが。

てっきりジュリアなりの冗談かと思い、メリアローズはあまり気には留めず、よく効く軟膏《なんこう》を手渡しておいた。

また、急に涙ぐんだり、笑いだしたりすることもあった。

「ゴリラローズはダメ、ジュリアローズは……いいかも」などと呟いていたこともあったか。

メリアローズ自身、勝利の乙女役に専念することに必死だったので、あまり深くは考えなかった。

ジュリアも少しナーバスになっているのだろうと思い、リラックス作用のあるハーブティーを振舞っておいた。

一つ一つジュリアの奇行を思い返し、冷静に考えれば……ちょっとどころの話ではない。

最近のジュリアは、明らかにおかしかったのだ！

「どうして気づかなかったのかしら……！」

メリアローズは自身のことにかかりっきりで、ジュリアに深く注意を払っていなかったことを後悔した。

いったいジュリアは考えているのか。……駄目だ、さっぱりわからない。

「とにかく！　あなたは早くジュリアを探しなさい‼　可能ならうちから人手を……」

「いや、大丈夫だ。お前はお前の役目に集中しろよ」

何が大丈夫なのかはよくわからないが、バートラムは立ち上がりぽんぽんとメリアローズの肩を軽く叩く。

そのまま、メイドたちの黄色い声に応えながら、彼は優雅にメリアローズの私室を後にした。

「まったく……ウィレムのことだけでも心配なのに。ジュリアまで……」

これから大事な役目が待ち構えているというのに、既にメリアローズの頭は疲労でずきずきと痛みだしていた。

それでも、自身に与えられた役目を投げ出すことはできない。

「私はもう会場に向かわなければいけないけれど……。シンシア、手が空いている者はジュリアを探すように手配してちょうだい」

「承知いたしました」

ジュリアが何を考えているのか、今どこにいるのかはさっぱりわからなかったが、メリアローズはとりあえずそう指示しておいた。ゴリラローズ……駄目だ、やはりわからない。ジュリアの実家がある田舎での方言か何かだろうか。

私もまだまだね……と自身の知識不足に歯がゆい思いをしながらも、メリアローズは自分の役目を全うしようと歩き出した。

◆ ◆ ◆

野外に設けられた剣術大会の会場には、多くの人が詰めかけていた。

ここで催される若手の剣術大会は、毎年新たなヒーローが誕生する場だとうら若き乙女の間では有名になっていた。

今年も身分問わず多くの少女たちが集まり、目を輝かせて何事か囁き合っている。

結局、ジュリアは見つからないまま開会の時間が迫っていた。

貴賓席に腰を下ろしたメリアローズは平静を装いながら、ひたすら会場内に視線を走らせたが、ジュリアのきらめく金髪を見つけ出すことはできなかった。

「そうか、それは心配だね」

「ジュリアさんの身に、いったい何が……」

会場で合流したユリシーズとリネットに事情を話すと、二人も心配そうに眉を寄せていた。

「二人とも、ゴリラローズとは何かをご存じ？」

「何かの謎かけかい？」

「新種の薔薇の名前でしょうか？」

残念ながら、ユリシーズもリネットもジュリアの残した謎の言葉に心当たりはないらしい。

そうこうしているうちに、いよいよ開会の時間を迎えてしまった。

若手の剣士たちの大会ということで、開会の宣言をするのは王太子のユリシーズの役目となっている。

ユリシーズの美声が会場に響くと、客席では奇声を上げて失神する乙女が続出した。

普段ユリシーズを目にすることのない街娘たちは、輝かしい王子の溢れんばかりのロイヤルオーラに耐性がなく、彼の声を聴いただけで耐え切れなかったようだ。

せっかく会場まで足を運んだのに、重要な場面を見逃しちゃうわね……とメリアローズは少しだけ彼女たちを憐れんだ。もちろん、呆れもしたが。

「……勝利の乙女、皆に激励を」

ユリシーズに手を取られ、メリアローズはそっと儀礼剣を抱いて立ち上がった。

美貌の王子に「手を取ってもらえる」という特典の為に、毎年「勝利の乙女役」の座を勝ち取ろうとする貴族令嬢による、血で血を洗う争いが繰り広げられているそうだ。

メリアローズの兄であるアーネストがどんな手を使って、あっさりこの役目を勝ち取ってきたのかは……あまり考えないようにしよう。

メリアローズはユリシーズに手を引かれるようにして進み、皆の前へと歩みを進める。

――会場の全ての目がこちらを向いている。

そう意識せずにはいられなかったが、メリアローズは緊張を解きほぐすように優雅に微笑んで見せた。

――今の私は「勝利の乙女」……。よし、いけるっ！

一年間悪役令嬢を演じきったメリアローズからすれば、たった数時間それらしく振舞うことなど、余裕すぎてへそで茶が沸かせそうなくらいだ。

「おいでなさい、我が戦士たちよ」

穏やかな、それでいて凛とした声でそう呼びかけると、脇に控えていた大会出場者たちがメリアローズの元へと集まってくる。

その一人一人に視線を向け、とある人物と目が合った途端メリアローズの鼓動は高鳴った。

――ウィレム……！

白を基調に金の装飾が入った騎士の装束を身にまとうウィレムは、まるで物語の中の騎士がそのまま抜け出てきたかのようだった。メリアローズの視線は自然と彼に吸い寄せられてしまう。

彼もまた、じっとメリアローズの方を見ていた。

そして、彼はメリアローズを安心させるかのように大きく頷いてみせたのだ。

その途端、メリアローズは自身の頬がぱっと紅潮するのがわかった。

――メガネの癖に……かっこいいんだから……‼

「……メリアローズ」

うっかり妄想の世界に浸りかけていると、傍らのユリシーズから小さく声を掛けられ、メリアローズははっと我に返った。

――わ、私としたことが……そうよ！　今の私は勝利の乙女なのに‼

勝利の乙女は、どの戦士たちにも平等に勝利を願わなければならないのだ。

……少なくとも、形式上は。

――ウィレムが優勝しますように、ウィレムが優勝しますように……！

集まった者たちに慈愛の笑みを向けながら、メリアローズは内心そんなえこひいき全開なことを考えていた。今回出場する戦士たちの中には、中々強者の風格を持ち合わせている者もいる。

ウィレムは大丈夫かしら……と不安になりながらも出場者たちに笑みを向ける。だが、そんなメリアローズの笑みはとある一点を見た瞬間に凍り付いた。

集まった剣士たちに比べると、一回り小さな体。

長い髪は後頭部で纏められ、風変わりな羽根つき帽子の中に仕舞いこまれているようだ。

その格好も周囲の剣士たちとは異なり、どこか旅芸人のような奇妙ないでたちをしていた。

その、明らかに他の戦士たちとは一線を画すおかしな出場者に、周りの者たちはちらちらと奇異の視線を送っている。メリアローズの視線に気づいた途端、その「戦士」は満面の笑みで嬉しそうにぶんぶんと手を振った。

――な、何やってるのあの子はっっっっーーーー‼‼⁇

メリアローズは驚きすぎてその場で失神しそうになってしまった。

こんなに驚いたのは、昨年のダンスパーティーの場で、ユリシーズが突如リネットへの愛を公言した時以来かもしれない。

そのユリシーズも、呆気にとられたように奇妙な戦士に釘付けになっている。

そう、そこには何故か下手な男装をして出場者に紛れ込んでいる、ロックウェル男爵家の令嬢――ジュリアがいたのだ。

「いえーい！」とこちらに向かって上機嫌でピースサインをするジュリアを見ていると、今にも気が遠くなりそうだ。

「……とりあえず、このまま進行させよう」

傍らのユリシーズに小声でそう囁かれ、メリアローズははっと我に返る。

さすがの彼も、この事態を予測はできなかったのだろう。その表情は困惑に満ちていた。

だが、このまま開幕式を中断するわけにもいかない。

そうだ、今は王国祭の催しの真っ最中。メリアローズたちの一挙一動に、観衆が注目しているのである。

メリアローズたちの私情で、進行を妨げるわけにはいかないだろう。

——あの馬鹿娘……あとでとっちめてやるんだから……！

白目をむきそうになるのをなんとか堪え、メリアローズは脳内から大会の進行表を引っ張り出す。

後はメリアローズが「勝利の乙女」として戦士たちを激励すれば、開幕式は完了となる。

あえてジュリアから目を逸らし、メリアローズは勝利の乙女になりきって口を開いた。

「勇ましき我がクロディールの戦士たちよ。この良き日に貴君らに巡り合えたこと、戦女神に感謝いたします」

メリアローズが天に向かって儀礼剣を掲げると、集まった剣士たちは一斉に跪《ひざまず》いた。

ぽかんとしていたジュリアも、いつの間にか隣に移動してきたウィレムに腕を引かれ、慌てて跪いていた。メリアローズはその様子を見てほっと胸をなでおろす。

「どうか、堂々たる戦いが行われんことを」

メリアローズのその言葉が、剣術大会の開幕宣言となる。

思い思いに周囲を牽制したり、武具の確認を始める参加者たちの中、ウィレムがジュリアの腕をひっつかんでものすごい勢いで控え室の方へ駆けていくのが視界の端に見えた。

後の段取りを王子たちに任せ、メリアローズもこっそりとその後を追った。

「このおバカ！　いったいどういうつもりなのよ‼」

「だ、だってぇ……」

控え室の中の一つに、メリアローズ、ウィレム、ジュリア、それにどこから現れたのかバートラムまでやってきていた。

他者に聞かれないようにきっちり扉を閉め、メリアローズが開口一番叱《しか》りつけると、ジュリアは心外だとでも言いたげに口を尖らせたのだ。

「剣術大会に参加なんて……いったい何を考えてるの⁉　しかもそんな下手くそな変装なんてして‼」

「下手くそ⁉　メリアローズ様酷いです！　どっからどうみてもさすらいの旅の剣士じゃないですか‼」

そう言って、ジュリアは得意気に、ばさりと羽織っていたマントをはためかせてみせた。

……なるほど、ジュリアの格好は「さすらいの剣士」のつもりだったのか。

言われなければわからないその奇妙なスタイルに、メリアローズは痛むこめかみを押さえた。

しかし、一応貴族令嬢であるはずの彼女を、大会運営側はよく参加させたものだ。

「……あなた、どうやって受付を突破したの？」

「さすらいの剣士、ジュリオです！　って言ったら普通にエントリーさせてくれました」

「運営はどうなってるのよ！　ガバガバすぎるじゃない‼」

せめて身元確認くらいしなさいよ！　……とメリアローズはその場に崩れ落ちた。

ウィレムが慌てたように体を支えてくれる。

「名目上は誰でも参加できる大会ってことになってるからなぁ。下手に追い返すわけにもいかなかったんだろ」

「それにしても杜撰《ずさん》すぎるわよ……」

バートラムは納得したように頷いているが、メリアローズはこの大会の運営体制が心配になってしまった。

男装した貴族令嬢を強者ばかりの剣術大会に放り込むなど、どう考えても問題しかない。

「それで……こんな馬鹿な真似をした了見を聞かせてもらいましょうか」

「もー、メリアローズ様さっきからバカバカって……馬鹿っていう方が馬鹿なんですよ？」

「お黙りなさい！」

子供の浅知恵のようなことを言いだしたジュリアにげんこつをお見舞いすると、意外と痛かったのか涙目になっていた。

まったく、この子いったいいくつだったかしら……とメリアローズは現実逃避しかけたが、よく考えなくてもジュリアは同級生。メリアローズと同い年という事実は覆《くつがえ》せないのだった。

「なんで、いきなり大会に参加しようなんて思ったのよ」

「だって……この大会の優勝者が、メリアローズ様のお婿さんになるって聞いたから……」

「えっ？」

そう言えば、以前にもジュリアは同じようなことを言っていた。あの時はっきり否定したはずだが、この意外と思い込みが激しい少女には通じなかったのかもしれない。

「私……とんでもないゴリラみたいな人が優勝したらどうしようって、心配になって……」

言葉の途中で、ジュリアの綺麗な空色の瞳が潤み始めた。

その変化を目の当たりにして、メリアローズは彼女にきつくあたってしまったことを少しだけ後悔した。

——心配、かけてしまったのかしら……。

今の話の流れから何故彼女が剣術大会に出場しようと思ったのかはよくわからないが、きっと彼女なりにメリアローズのことを案じて行動を起こした結果なのだろう。メリアローズがなんて声を掛けようか逡巡《しゅんじゅん》していると、今まで黙っていたウィレムがそっと口を開く。

「……ジュリア」

ウィレムの呼びかけに、ジュリアは顔を上げる。

「それで君は、メリアローズさんがゴリラみたいな奴と結婚するのを阻止するために、この大会に出場しようとしたわけか」

「はい、その通りです。ウィレム様」

——なんでそうなるのよ……！

ジュリアの思考回路は、まったくもってメリアローズには理解できそうになかった。

だが不思議なことに、この場でそこまで混乱をきたしているのは、メリアローズ一人だけのようだった。ウィレムは真剣な表情でジュリアに向き合い、バートラムは何かに納得したように頷いているのだから。

――いやいや、おかしいじゃない。おかしい……わよね？

メリアローズはだんだんと、おかしいのがジュリアなのか自分なのか自信がなくなってきた。

ユリシーズ王子とリネットもここに連れてくるべきだったかもしれない。

少なくともあの二人であれば、多少はまともな判断が下せたことだろう。

「君の懸念はわかった、ジュリア。だが、安心して欲しい」

ウィレムが言い聞かせるようにゆっくりと、ジュリアに語り掛けている。

メリアローズも現実逃避を始めた思考を、慌ててこの場に呼び戻した。

「この大会……俺が、必ず優勝して見せる。メリアローズさんがゴリラの手に落ちるようなことはない」

ウィレムの力強い宣言に、メリアローズの胸は熱くなった。

――ウィレム……ちゃんと、私のことを……。

ここ最近会えてなかったので少し不安になったりしていたのだが、彼の決意は変わっていないようだ。

「ウィレム様……」

ウィレムの宣言に、ジュリアは驚いたように目を丸くした後……小さく首を左右に振った。

「いいえ、ウィレム様」

「ジュリア……？」

「私、考えたんです。ゴリラが優勝してメリアローズ様がゴリラローズになるのなら――」

「ならないわよ」

……なるほど、やっと謎の言葉の意味がわかった。あまりにくだらなすぎて、メリアローズは脱力しかけてしまう。だがジュリアは何かを決意したように、瞳をきらめかせて宣言した。

「そんなの絶対イヤだから、私が阻止してやろうって！　だから私も頑張ります！　もちろん優勝狙いです‼」

「いや、君には危険だから――」

「大丈夫です、私結構打たれ強いんで！　ウィレム様と当たっても絶対に負けませんからね‼」

何故か自信満々にそう宣言すると、ジュリアはぽかんとするメリアローズとウィレムに向けて、ぴょこんと元気よくお辞儀をしてみせた。そして、何かに気づいたように慌てだしたのだ。

「あっ、そろそろ一回戦が始まっちゃう！　ウィレム様も急いだほうがいいですよ！」

「ジュリア、待――」

メリアローズの制止もむなしく、ジュリアは風のように瞬く間に部屋を出て走り去ってしまった。

呆然とするメリアローズとウィレムに、バートラムがそっと声をかけてくる。

「まぁ、その……あいつのことは俺が何とかするから、お前たちは自分の役目に集中しろよ？」

あまりにも訳がわからない状況に、メリアローズはまたしてもその場に崩れ落ちてしまった。

「メリアローズさん！」

「なんで、なんでこうなるのよ……！」

ウィレムに支えられるようにして起き上がりながら、メリアローズは固く誓った。

次にジュリアに会ったら、もう一発げんこつをお見舞いしてやろう……と。


「なるほど、ジュリアは君が望まぬ結婚を強いられていると思って、なんとか阻止しようとこの大会に参加したわけか」

「よく今の説明でご理解されましたね」

勝利の乙女役を任された以上、メリアローズには一応戦士たちの戦いを見届ける義務がある。

とりあえずジュリアのことはバートラムに任せ、メリアローズは己の無力さをひしひしと感じながら貴賓席へと舞い戻った。

そこで心配そうに待っていたユリシーズとリネットに、自分でも飲み込めないままに途切れ途切れに事情を説明すると、ユリシーズは意外と即座に状況を理解したようだ。

「ジュリアの突拍子もない行動には慣れてるからね。彼女なら、君のためを思って、そうしてもおかしくはない」

「いやおかしいですよ」

駄目だ、この王子も既にジュリアに毒されていた。思えば彼は家臣たちに「あの男爵令嬢と恋に落ちたのでは……」と勘違いされるほど、ジュリアと親しいのだった。

きっと彼女の常軌を逸した行動に慣れている……というよりも、感覚が麻痺《まひ》しているのだろう。

「ジュリア語の翻訳なら任せてくれ」

「……頼りにさせていただきますわ」

どこか得意げな王子に、メリアローズは「こりゃ駄目だ」とリネットに目配せした。

こうなったら、バートラムがうまく動いてくれることを願うしかない。

「まったく次から次へと問題ごとが……」

「あぁ、お気を確かにメリアローズ様……」

リネットに気遣われ、メリアローズは客席から見えない角度を計算して、盛大にため息をついたのだった。


メリアローズにとってはとんでもないアクシデントが起こってしまったが、大会は問題なく進行している。

「次は、ウィレムの番だね」

「ええ、そのようですわね」

トーナメント表を確認してそう呟いたユリシーズに、メリアローズは平静を装って優雅にそう返した。だが、内心はとても穏やかではいられなかった。

――ウィレム、大丈夫よね。いえ、大丈夫よ。彼は強いもの。でも万が一のことがあったら……。

あからさまにそわそわし始めたメリアローズに、リネットがいつの間にか調べていた情報を耳打ちしてくれた。

「ウィレムの相手は、騎士団の若手のようです。なんでも優勝候補の一人だとか……」

「え……」

「でも大丈夫です！　ウィレムはメリアローズ様の為に戦うのですから、負けるはずがありません！」

リネットに励まされ、メリアローズはぎゅっと拳を握り締めた。

大会の進行担当が二人の名を読み上げ、ウィレムとその対戦相手が競技場へと歩み出る。

二人の姿を目にして、メリアローズは緊張をほぐそうと胸に手を当て息を吸った。

「中々、強そうね……」

ウィレムの対戦相手は、体格のいい青年だった。騎士団の正装を纏い、自信満々な様子で前を見据えている。

彼が進み出ると、観客の一部から黄色い歓声が上がった。どうやら中々の人気者のようだ。

現国王の方針で、騎士団の訓練風景は頻繁に民衆に公開されている。街娘や貴族令嬢の間で、お気に入りの騎士――いわゆる「推し騎士」を作って応援するのが流行《はや》っているとは聞いたことがあったが、思った以上の熱気だ。

「ふん、でもウィレムが負けるはずないわ！」

「その通りです、メリアローズ様！」

「メリアローズ、名目上勝利の乙女はすべての戦士を平等に応援することになっているから、ほどほどにね」

ユリシーズに苦笑されながらも、メリアローズはじっと競技場から目が離せなかった。

ウィレムの対戦相手は、余裕綽々《しゃくしゃく》と言った面構えを崩さない。

対するウィレムは、どこまでも冷静だった。

「それでは、両者正々堂々の戦いを」

審判が厳かにそう告げ、二人の騎士が向かい合い、剣を構える。

メリアローズは祈るように胸の前で両手を組み、勝敗の行方を見守った。

そして……勝負は、一瞬だった。

金属のぶつかり合う甲高い音が響き、模擬戦用の刃先を潰した剣が宙を舞う。

メリアローズの目には、あまりに速すぎて何が起こったのかわからなかったほどだ。

ウィレムの対戦相手は、呆然とした表情で己の手を凝視していた。

ウィレムは、ほんの一瞬で彼に接近し、見事に剣を弾き飛ばしたのだ。

きっと彼にもあまりにも一瞬で何が起こったのかわからず、この結果が信じられないのだろう。

「し、勝者……ウィレム・ハーシェル！」

審判が慌ててそう宣言すると、観客は静まり返った後……爆発したように一斉に騒ぎ出した。

優勝候補の一角を圧倒した無名の騎士。そんな番狂わせに、観客は大いに盛り上がっているようだ。

「ねぇ、あれ誰なの⁉」

「ハーシェルってことは……まさかアンセルム様のご家族かしら！」

「嘘、あんな方がいらっしゃるなんて聞いてないわ！」

「やだ……推し変しちゃうぅぅぅ‼」

そんな蜂《はち》の巣をつついたような騒ぎにも、ウィレムは動じなかった。彼は勝敗などどうでもいいとでもいうように、呆然とする相手に一礼すると、貴賓席のメリアローズたちの方を振り返る。

そして、確かに笑ってみせたのだ。その途端、メリアローズの鼓動が大きく高鳴った。

「……なるほど。あれは『必ず優勝するので待っていてください』という意味だな」

「まぁ、ユリシーズ様はウィレム語も会得されていらっしゃるのですね！」

「なんだかんだで一緒にいるからね。バートラムに比べると随分と読みやすいよ」

そんなユリシーズとリネットのやりとりも、メリアローズの耳には入らなかった。

ただ、ウィレムの顔を見た途端、全身が沸騰したように熱くなってしまう。

そっと顔を伏せ、メリアローズは立ち上がった。

「失礼、少々お花を摘みに行って参ります」

それだけ宣言すると、メリアローズは二人が何か言う前に早足でその場を後にした。

そして会場裏手の誰もいない木陰にたどり着いた瞬間――思いっきりそこにたたずむ大樹に額を押し付ける。

「……せに、メガネの癖にメガネの癖にメガネの癖に…………！」

なんだあの余裕な態度は。

せっかく心配していたのに、優勝候補相手にあんな風に圧倒するなんて……。

――ばかばか‼　かっこよすぎるのよぉぉぉぉ！

「誰があそこまでしろって言ったのよ！　メガネの癖に‼　あんなにキャーキャー言われちゃって‼」

でもそんな彼は、確かにメリアローズの方を見て笑ったのだ。

彼と親しいユリシーズ曰《いわ》く『必ず優勝するので待っていてください』という意味を込めて……。

「あああぁぁぁぁぁ……‼」

もう悶《もだ》えすぎてどうしようもなくなって、メリアローズはぎゅううぅと思いっきり、セミのように全身で木の幹に抱き着いた。

体が熱い、自然と頬が緩んでしまう。

彼の笑顔を思い出すだけで……体が熱したバターのように溶けてしまいそうになるくらいだ。

「ばか、ばかばか‼　ウィレムのばかばか‼」

「あの、メリアローズ様……」

「はうっ！」

ひたすらバカバカと叫びながら木に抱き着いていると、不意に背後から声を掛けられメリアローズは慌てて振り返る。そこにいたのは、どこか申し訳なさそうな表情をしたリネットだった。

「次の試合が始まりますので、そろそろお戻りになられた方が……」

「そ、そうね……」

リネットはそれ以上何も言わなかった。メリアローズもまるで何もなかったような振りをして、すたっと立ち上がり、リネットの横へと並び立つ。

「そろそろジュリアさんの出番もやって来るようです」

「まったくあの子は……怪我をしなければいいのだけれど」

聡《さと》いリネットは、メリアローズの奇行を指摘するような無粋な真似はしなかった。

メリアローズはあらためて、彼女の気遣いに感謝したものである。


「てやー！」

「ぐはぁ‼」

可愛らしい掛け声とは裏腹に、重い一撃が勇ましい騎士を襲う。

「勝者！　さすらいの剣士ジュリオ‼」

「やったぁ！　見てますかメリアローズ様ー？」

競技場の中から、ぶんぶんと得意気に手を振るジュリア――もといさすらいの剣士ジュリオを見ながら、メリアローズは仕方なく微笑んで手を振り返した。

一応「勝利の乙女役」としてここにいる以上、この場でジュリアに怒鳴り散らすわけにはいかないのである。メリアローズにとっては意外なことに、ウィレムだけでなくジュリアも順調に大会を勝ち進んでいた。あの子、あんなに強かったのね……と、メリアローズは感心するべきか呆れるべきかわからなくなってしまう。

「ねぇ、あの人もかっこよくない？」

「さすらいの剣士ジュリオって……聞いたことないわ」

「あの体格にあの声……もしかして女性じゃないの？」

「さすらいの男装の剣士⁉　素敵‼」

意識せずとも聞こえてくる乙女たちのさえずりに、メリアローズはずきずきと痛むこめかみを押さえた。

いったい、今日の大会で何人の乙女が道を踏み外すのかしら……などと考えるのも億劫《おっくう》になる。

そんなメリアローズを見て、ユリシーズは苦笑していた。

「でもこのままだと、ウィレムとジュリアが当たりそうな勢いだね」

「そんな馬鹿な……」

「もしそうなったら、メリアローズはどちらを応援するんだい？」

この能天気王子がどんな返答を期待しているのかは知らないが、メリアローズとしては、そんな風にのん気に事態を見守る余裕はなかった。

ウィレムは優勝できるのか、ジュリアがうっかり怪我でもしないかと考えると、胃が痛くなりそうだ。はぁ、と額に手を当ててこっそりため息をついた時、こちらに近づいてくる人影が見えメリアローズは慌ててしゃきっと背筋を伸ばした。

「御機嫌はいかがかな、勝利の乙女殿」

そんな風に気取って声をかけてきたのは、現在留学中の隣国の王子――ロベルトだった。

何故か、彼も今回の大会に出場しており、今のところ順調に勝ち進んでいるのである。

余裕たっぷりのロベルトの態度に、メリアローズの隣にいたユリシーズが苦笑する。

「君は絶好調みたいだね、ロベルト」

「一度出場したからには全力を尽くす。こんなに麗しの若き乙女たちが集まっているのに、無様な戦いぶりは見せられないだろう？」

見目麗しく、愛想もよく、そして強い。しかもその正体は隣国の王子である……ときたら、ロベルトが注目されないわけがなかった。

サービス精神旺盛な彼は、試合に勝つたびに持っていた花を客席に投げるといった手厚いファンサービスで、あっという間に会場の大半の乙女の心を鷲掴《わしづか》みにしたのである。

今も黄色い声援に応えたロベルトが、輝くロイヤルスマイルを浮かべて手を振ると、興奮しすぎたのか観客席の少女が五人ほど失神した。

——まったく、これじゃあ救護室が大繁盛ね……。

メリアローズは救護に従事する者の忙しさを想像し、曖昧《あいまい》な笑みを浮かべることしかできなかった。ロベルトはそんなメリアローズを見てくすりと笑うと、そっと秘密の話をするように耳元に口を近づけて小さく囁く。

「なんでも、優勝者は正式に君に求婚する権利が得られるという話だが……」

「事実無根のデマですわ！」

まさか彼にまでそんなことを言われるとは……！

憤慨するメリアローズに、ロベルトはおかしそうに笑う。

「ははっ、やはりそうか。それは残念だ」

「えっ……？」

「皆、君の愛を得ようと必死だからな。もちろん、俺もだが」

そう言って相変わらずのキラキラロイヤルスマイルを浮かべたロベルトを見て、メリアローズは固まった。

――……なんなの⁉　私をからかうのがそんなに楽しいの⁉

絶句するメリアローズに助け舟を出すように、ユリシーズが苦笑交じりに口を開く。

「……ロベルト、あまり調子に乗りすぎるとマクスウェル家に刺されるよ」

「それは恐ろしい。死体になっての帰国は勘弁願いたいな」

見目麗しい二人の王子が笑顔で会話を交わしているという状況に、周囲の者たちはぽぉっと頬を紅潮させ夢見心地になっている。どうやら物騒すぎる話の内容までは届いていないようだ。

メリアローズは小さくため息をつき、そっと立ち上がる。

「少し風にあたってきますわ」

ちらりと心配そうに視線を寄こしたリネットに「問題ないわ」と目線だけで告げると、聡い彼女は小さく頷いた。

一人になりたい時は一人にさせてくれる。それがリネットの良い所だとメリアローズは思っている。

相変わらず訳のわからない会話を繰り広げる王子二人と、王子二人が向かい合っているという状況だけで「尊い……」と思考停止した周囲を尻目に、メリアローズはそっとその場を後にした。

「はぁ……」

今のところ、大会は順調に進んでいる。……いきなりジュリアが割り込んできたりしたことを考えると、メリアローズにとってはあながち順調だとも言えないのだが。

初戦で圧倒的強さを見せつけたウィレムは、勝ち進むごとに会場からの声援が大きくなっている。頬を染めて彼の活躍に目を輝かせる乙女の姿を目にすると……メリアローズの胸は少しだけざわめいてしまうのだ。

──ウィレムが選んだのが私じゃなければ……こんなに苦労することはなかったのよね。

彼はメリアローズとの未来の為に、過酷な戦いに挑んでいる。メリアローズはただ彼の活躍を祈り、見守ることしかできない。……だからこそ、不安になってしまうのだ。

彼が少し本気を出せば、今のように数多《あまた》の乙女の心を惹きつけることができる。

こんなに面倒な条件付きのメリアローズに嫌気がさし、もっと別の相手との未来を選ぶことだって──。

「……駄目ね、こんなんじゃ」

メリアローズがこんなことを考えるのは、ウィレムの覚悟を踏みにじるようなものだ。

彼がアーネストの前で堂々とメリアローズへの想いを宣言してくれた。

それを疑うような真似は、どう考えても彼に失礼だ。

——家名しか取り柄のないような私と違って、ウィレムは自分の手で未来を掴もうとしている。その姿を、眩しく思う。彼は自分などではメリアローズの相手にふさわしくない、などと言うが、そう言いたいのはむしろこちらの方だ。

彼のことを意識するようになってから、メリアローズは心の底で、いつかウィレムに愛想をつかされる日が来るのではないかと怯《おび》えていた。

「……私は悪役令嬢だってちゃんとやり遂げたのよ。こんな風じゃ、学園の女王の名が泣くわ」

ぱちんと軽く両頬を叩き、メリアローズは自分自身に喝を入れた。

ウィレムは前に進み続けている。だったら、メリアローズも置いていかれないように、むしろ彼を追い越すつもりで進み続けなければならない。

なんとか自分自身を鼓舞したところで、ふと何者かの気配を感じ、メリアローズは背後を振り返る。すると、王宮の役人と思われる者が数人、慌てた様子でこちらへ駆けてくるのが見えた。

「メリアローズ様、こちらにいらっしゃったのですね！」

「……なにか、あったのですか」

彼らのただならぬ様子に、メリアローズの胸はざわめいた。

「お父上が倒れられ、すぐにご息女にも戻られるようにと……」

「お父様が⁉」

メリアローズは一気に蒼白になった。今朝方、最後に父を見た時は、普段通りのように見えたのだが、急病なのだろうか。

宰相職を務める父は多忙だ。周りの側近たちにもう少し休みを取るようにと、よく懇願されている姿を見ることはあったが、まさか本当に過労で……。

「こちらで馬車を用意いたしました。すぐにお戻りください」

「でも、今は剣術大会の途中で――」

「勝利の乙女の役目については、代役を立たせます。今はとにかくお父上の元へ」

「……わかりました」

重要な役目を途中で放り出すのは気が引けるが、今は父の一大事。そんなことを言っている場合ではないだろう。

メリアローズは素直に案内に従った。彼の言うとおり、近くには小さな馬車が止まっている。

その馬車に乗るように促され、メリアローズはふと足を止めた。

何故だろう。ちりちりと、かすかな違和感が胸をよぎる。女の勘とでも言うべきか。

……目の前の相手は、本当に王宮からの使いなのだろうか？

「ご親切にどうもありがとう。今度お礼をしたいので、あなたの所属とお名前を教えていただけるかしら」

「いえ、お気遣いなく――」

「いいえ、マクスウェル家の者として、恩には報いねばなりませんから」

メリアローズの気迫に押されたのか、使いの男はモゴモゴと名前と所属を告げた。

だが、メリアローズが注視していたのはその内容ではなく、態度だ。

何も後ろめたいことがないのなら、堂々と名乗ればいい。なのに、この態度は……。

嫌な予感が確信に変わる。メリアローズはとっさに足を引き、逃げだそうと踵《きびす》を返す。だがその途端、その判断が遅すぎたのを悟った。

「残念ですが、我々とご同行願います。メリアローズ・マクスウェル嬢」

いつの間にか、メリアローズを取り囲むようにして、武装した何人もの人間が控えていたのだ。

──やられた……！

この包囲網を突いて逃げ出すのは……絶望的だろう。こんな時は焦っては負けだ。メリアローズは深く息を吸い、彼らに対峙する。

──私を誘拐して、どうするつもりなの……⁉

考えてもわからないが……ここで抵抗しても、状況は悪くなるだけだろう。

せめて何か起こったことを伝えようと、メリアローズはこっそりと、ドレスの装飾の花をいくつか引き千切り、手のひらの中に隠した。

「……わかりました。手荒な真似は、よしてくださいませ」

「あなたが大人しくしていれば、我々としてもあなたを傷つけるつもりは毛頭ございません」

メリアローズが大人しくなったのを見て、彼らは気をよくしたのだろう。仕方なく、メリアローズは彼らに促されるまま馬車に乗り込んだ。

その際にこっそりと、手のひらに忍ばせた花の一つを落とすのを忘れずに。

◆　◆　◆

連れてこられたのは、王都の一角に位置する邸宅だった。彼らはメリアローズを傷つけるつもりはないと言ったとおり、誘拐された人質に対するにしては、丁寧な態度だった。

案内された屋敷の一室――高価な調度品の揃った部屋の中で、メリアローズはひたすらこの状況を打破するすべを考えていた。

部屋の中には監視の人間がいる。彼らの隙をついて行動を起こすのは難しいだろう。

いったい彼らの目的は何なのか。メリアローズを誘拐して何をしようと言うのか。

まったく状況が読めずに、時間ばかりが過ぎていく。

――大会は、どうなったのかしら……。私が連れ去られたことに、気づかないはずがないもの。もう捜索は始まってるはず。犯人が何か行動を起こす前に、助けが来れば……！

そう焦っていると、急に部屋の扉が開く音がし、メリアローズはびくりと肩を跳ねさせる。

そして、その向こうに現れた姿を見て、メリアローズは息が止まりそうになってしまった。

「やぁ、気分はどうだい？　捕らわれのお姫様」

そこにいたのは……今は牢獄《ろうごく》に捕らわれているはずの男――パスカル・スペンサーだったのだ。

「なっ……⁉　そんな、どう、して……」

彼の姿を見た途端、メリアローズの体が震えだす。その様子を見て、パスカルはおかしそうに笑った。

「酷いな、メリアローズ。そんな、化け物でも見たような反応をすることはないじゃないか」

「あ、あなたは……捕まったはずじゃ……」

「甘いな。脱出路はいくつも確保しておくものだ」

──内通者がいたのね……！

信じがたいことだが、おそらくパスカルの内通者が、王国祭の騒ぎに乗じて彼を脱獄させたのだろう。メリアローズは内心で兵士たちの職務怠慢に憤った。

パスカルは脱獄し、メリアローズを誘拐した。その目的は……。

「私への、復讐……かしら」

そう口にすると、パスカルは底意地の悪い笑みを浮かべる。

「半分正解、かな。俺をコケにしたアンセルム、その弟、スペンサー家に王家の奴ら……！　メリアローズ、もちろん君もだ。君に言いたいことはたくさんある。だが、俺は寛大な男だ。未来の花嫁の過ちは、笑って許そうじゃないか」

不快な言葉にメリアローズが思わず眉を顰めると、パスカルは笑いながら近づいてきた。

メリアローズの目の前までやって来た彼は、椅子に腰かけたメリアローズの顎先を、指先で軽く持ち上げた。彼と視線を合わせるのも嫌で、メリアローズはとっさに視線を逸らす。

するとパスカルはくつくつとおかしそうに笑った。

「……君が初めてだよ。そこまで頑なに、俺のことを拒絶する女は」

「そう、今まで碌《ろく》な女性と知り合ってこなかったのね」

そう言い返すと、パスカルの爪先《つめさき》がメリアローズの喉元に食い込む。その痛みに思わず息をのむと、彼はそっとメリアローズから手を離した。

「メリアローズ、君は賢い女だ。この状況でどうするべきか……わかるだろう？」

ひどく愉快そうにメリアローズを見下ろすパスカルの視線には、憎悪が入り混じっていた。

彼はメリアローズを恨んでいる。きっとこれは、彼なりの復讐なのだ。

逆らえば……この場で殺される可能性もある。メリアローズは確かにそう理解していた。

「だが俺は優しい男だ。君にチャンスをあげるよ、メリアローズ」

パスカルはひどく嗜虐《しぎゃく》的な笑みを浮かべ、メリアローズの頬をするりと撫でて言い放った。

「跪き、許しを乞うてみせろ。俺こそが誰よりも優れた男であり、心から俺に隷属すると誓え」

彼の瞳には、いつか見たように狂気の色が宿っている。彼の手が頬から顎へと滑り降り、そしてメリアローズの首筋をなぞった。

少しでも逆らえば、このまま絞め殺してやるとでも言うように。

「さぁ、言ってごらん、メリアローズ。何も難しくはないだろう。残念ながら、今日の俺はそんなに気が長い方じゃないんだ」

メリアローズは心を落ち着けようと、息を吸ってそっと目を閉じた。

……そうしなければ、恐怖で今にも泣きだしてしまいそうだったのだ。そんなことをすれば、ますますパスカルを喜ばせるだけだろう。それは癪《しゃく》だ。

「メリアローズ、俺はあと少しでこの国の頂点に立つ。ここで俺に従えば、君は俺の妃になるんだ。

光栄だと思え」

パスカルはそんな意味不明なことをまくしたてている。いや……彼は、本気でそう思っているのだろう。

段々と、パスカルの語気が荒くなってきている。

彼の苛立ちを感じ、メリアローズは覚悟を決めて目を開けた。時間を稼ぐためにも、ここはパスカルの言う通りにすべきだろう。

嘘だとしてもこの男への服従を誓うなど、はらわたが煮えくり返るが……命には代えられない。

メリアローズは渋々立ち上がり、パスカルと視線を合わせた。

だが口を開こうとした途端、脳裏に大好きな声が蘇る。

――『あなたが……『公爵令嬢』でも『悪役令嬢』でもない、メリアローズさんのことが』

――『誰よりも、好きだから』

彼――ウィレムは、こんなメリアローズのことを好きだと言ってくれた。素直じゃなければ可愛げもない。それでも彼は、メリアローズのことを好きだと言ってくれたのだ。

ここでパスカルに従う振りをしてしまったら、まるで……彼が好きだと言ってくれたメリアローズ自身が、消えてしまうような気がした。

「どうした、早くしろ」

パスカルが苛立ちを隠さずに、舌打ちしてメリアローズを急かす。

今までのメリアローズなら、保身の為に形だけでもパスカルに従っていただろう。

だが、今は……自分の気持ちを、もう偽りたくはない。彼が好きになってくれた自分に、嘘はつきたくはない。

メリアローズは気丈に顔を上げ、パスカルを見据える。そのまま、はっきりと告げた。

「あなたに従うなんて、死んでもお断りよ」

その途端、パスカルが驚いたように目を見開いた。そして彼は……愉快そうに笑いだした。

「ははっ……！　そうじゃなきゃな‼　本当に君は俺の期待を裏切らない‼」

パスカルがメリアローズの肩を掴む。そのまま、ひどく嬉しそうに告げた。

「嬉しいよ、メリアローズ。君が気高ければ気高いほど、屈服させるのが愉しくなるからなぁ！」

メリアローズは震えを押し殺し、必死にパスカルを睨みつける。

するとパスカルはますます嗜虐的な笑みを浮かべ、メリアローズの方へと手を伸ばしてきた。

◆　◆　◆

「おい、待てって！」

背後から腕を掴まれ、ウィレムは舌打ちをして振り返る。

「離せ」

「まだあいつに何かあったと決まったわけじゃない。ここで試合を放り出したら、せっかくのチャンスが無駄になるんだぞ⁉」

必死に引き留めようとするバートラムの珍しく真剣な声に、ウィレムは再び舌打ちした。

メリアローズが、いなくなった。休憩時間に少し散歩してくるといったきり、姿を消したらしい。

だからといって、大会を中止するわけにはいかない。泣きそうな顔のリネットの隣の席は空いたまま、大会は今も続行中なのである。つまり、アーネストがウィレムに提示した条件も、未だ有効だということだ。

ここでウィレムが試合を放り出してメリアローズを探しに行けば、マクスウェル家はその時点でウィレムを失格とみなし、メリアローズとは引き離されるだろう。

……だが、それが何だというのだ。

メリアローズが危険な目に遭っているかもしれないという時に、彼女に背を向けることなど、ウィレムにはできるはずもなかった。

たとえもう二度とメリアローズに会えなくなったとしても、彼女が無事に戻れば、それ以上のものはないのだから。

「それでも俺は行く。邪魔するなら骨折るぞ」

「ガチな脅しはやめろ！　まったくお前は……」

バートラムは呆れたようにため息をついたが、それ以上ウィレムを引き留めようとはしなかった。本当は彼だって、メリアローズが心配でたまらないのだろう。

踵を返し、ウィレムはメリアローズを探しに行こうと一歩を踏み出す。

だがその途端、再び背後から声を掛けられた。

「逃げるのか？」

思わぬ声に驚いて振り返ると、悠々と歩いてくる姿が目に入り、ウィレムは息をのんだ。

「君と当たるのを楽しみにしてたんだがな」

「ロベルト殿下……」

やってきたロベルトは、どこか余裕な笑みを浮かべてウィレムを眺めていた。

「ご存知かとは思いますが、メリアローズ・マクスウェル嬢が所在不明となっております」

「そんなのは他の奴らに任せておけばいいだろう。それとも、この国の兵士は若い娘一人探し出せないほど無能なのか？」

こんな状況にもかかわらず、ロベルトは余裕の笑みを崩さない。

その態度が、ウィレムを苛つかせた。

ここでウィレムが大会を棄権すれば、きっと彼が優勝するだろう。

必要以上にメリアローズのことを気に掛けている彼ならば、その後は、きっと……。

一瞬決意が揺らいだが、ウィレムはぐっと拳を握り締め、頭を下げた。

「……急いでいるので、失礼いたします」

「強敵を前にして、尻尾を巻いて逃げるのが君の騎士道なのか？」

「…………いいえ、何があっても大切な人を守り抜く。それが、俺の騎士道です」

まっすぐにロベルトを見据え、ウィレムははっきりとそう告げる。

ロベルトはその視線を受けて、ふっと笑った。

「なら行くがいい。優勝者の座は俺が貰《もら》うがな」

どうぞご勝手に、と心の中だけで告げて、ウィレムは駆け出した。その後からはバートラムがついてくる。

「ジュリアがメリアローズのいなくなった地点を探してる。あいつなら――」

言葉の途中で、向こうからぶんぶんと手を振りながら、ジュリアが走ってくるのが目に入る。

「バートラム様、見つけました！　これ、メリアローズ様の匂いがします‼」

「は？」

息を切らせたジュリアの手の中には、小さな花飾りが握られていた。これは確か、メリアローズが身に着けていたドレスの装飾の一つだろう。

「他にもちょっと残り香がありました！　匂いを辿《たど》れば、だいたいの場所の見当はつくと思います！」

「よし来た！」

「……すごいな、君は。猟犬以上だ」

ウィレムもこの時ばかりは、ジュリアの常人離れした能力に感謝した。

――どうか、無事で……！

愛しい彼女の笑顔を思い描き、ウィレムは再び地面を蹴った。

◆　◆　◆

ウィレムたちが走り去った方向を眺め、ロベルトは一人ため息をついた。

あれだけ挑発し、発破をかけたのだ。是が非でも、彼にはメリアローズを取り戻してもらわなければ困る。

「何があっても大切な人を守り抜く、か……」

今まで何度も、ロベルトは自身が王族に生まれたことを疎ましく思った。だが、今日ほどそう思ったことはないだろう。

本当は、ロベルトもウィレムのように、メリアローズを救いに行きたかった。だが、ロベルトには王子としての責務がある。ここでロベルトが勝手な行動を取れば、おそらく大会は中断されてしまう。最悪、国際問題に発展する恐れもある。

『俺は、俺を慕ってくれる者たちのためにも、この道を進み続けると決めた』

前にメリアローズに告げた言葉に、嘘偽りはない。

メリアローズを大切に想うのは、ロベルトとて同じだ。だがロベルトには、他にも大切にしなければならないものが、背負うものがありすぎる。

彼のようにすべてを投げ捨てて、メリアローズだけを選ぶことはできなかった。

「……ウィレム・ハーシェル。今回だけは、君に花を持たせてやるか」

彼は騎士として、捕らわれの姫君を救いに行った。だったら自分は王子として、国を、民を不安にさせないように振舞わなければ。

ロベルトはロベルトの戦いに挑むために、ウィレムたちが向かった方向に背を向け、歩き出した。

4章　元悪役令嬢と騎士の誓い

パスカルの手が、メリアローズの肩を強く掴んだ。その途端、メリアローズの全身にぞわりと鳥肌が立つ。

だがその時、不意に扉の向こうが騒がしくなった。

「なんだ……？」

パスカルが不快そうに顔をしかめ、扉の方を振り返る。

次の瞬間、ものすごい音を立てて扉が蹴破られた。

その向こうには、扉を蹴り壊したままの体勢のジュリア……それに、バートラムの姿もある。その姿を見た途端、メリアローズの鼓動が大きな音を立てた。

「なんだ貴様らは！」

部屋の隅に控えていたパスカルの手駒が、侵入者を排除しようと襲い掛かる。だが、ジュリアの回し蹴りが炸裂《さくれつ》したかと思うと、あっという間に吹き飛び壁に叩きつけられ動かなくなった。

「ちぃっ……！」

パスカルも劣勢を悟ったのだろう、隙をついて逃げ出そうとしたメリアローズの腕を掴み、一気に引き寄せた。

「動くな。黙って武器を捨てろ」

首筋に感じる、ひやりとした感覚。そして、わずかに皮膚が裂かれる痛み。

視線を下げれば、パスカルが握りしめたナイフが、自身の首筋にあてられているのが見える。

そう理解した途端、メリアローズはひっと息をのんだ。

「メリアローズ様を放してください‼」

「なんだ貴様は。マクスウェル家の人間か……？　この状況で放せと言われて放すと思うのか？」

憤るジュリアに、パスカルは愉快そうに笑っている。今、彼はメリアローズの生殺与奪を握っているのだ。正面からぶつかれば負けなしのジュリアも、迂闊に手が出せないのだろう。

「諦めろ、お前に逃げ場はない。これ以上何かすれば罪が重くなるだけだぞ」

「……バートラム・メイヤール。随分と生意気な口を利く。俺を誰だと思っている？」

冷静に説得しようとしたバートラム対しても、パスカルは不快そうに舌打ちし、彼を睨みつけながら高らかに言い放つ。

「俺はこんなところでは終わらない！　貴様らも覚えておけ、今日は歴史が変わる日だ。偽りの王家は倒れ、この国が正しい歴史を歩みだす日だ！」

そう叫ぶパスカルの声を聞いた途端、メリアローズは背筋が寒くなった。

まさか、パスカルの本当の狙いは……！

——『メリアローズ、俺はいずれこの国の頂点に立つ。ここで俺に従えば、君は俺の妃になるんだ。光栄だと思え』

先ほどは、ただの狂言だと思い、言葉の意味までは気を配る余裕はなかった。

だが……もしも、パスカルがその言葉通りのことを企んでいるとしたら？

メリアローズのマクスウェル家も、パスカルのスペンサー家も元をたどれば、王家の分家筋にあたる。……それを理由に、自分こそが玉座にふさわしいと主張する者も、歴史をたどればいないわけではないのだ。

――『ええ、あなたも聞き及んでいるとは思いますが、密売、違法賭博、人身売買斡旋……裏で様々な悪行を働いていたと。反王室グループとの繋がりも指摘されている』

以前ウィレムに聞いた話が蘇る。さすがのパスカルもそんな馬鹿な真似はしないだろうと、今まで無意識にその可能性を排除していた。

だが、彼のようなナルシストなら、考えてもおかしくはない。

――ユリシーズよりも、自分の方が次の王にふさわしいと……。

パスカルは今日が歴史が変わる日だと言っていた。その言葉が意味するのは……。

――っ……！　ユリシーズ様とリネットが危ない……‼

メリアローズの誘拐は、陽動に過ぎないのかもしれない。パスカルや彼と繋がる者たちの本当の目的は……ユリシーズの排除だ。

そう悟った途端、メリアローズの頭はかっと熱くなった。

頭の中にユリシーズとリネットの顔が浮かぶ。

――こんなこと……してる場合じゃないわ‼

パスカルは陶酔したように何事かわめいている。

——今がチャンスね！

メリアローズは彼に捕まった状態のまま、意を決して思いっきり彼の腹部に肘打ちを決めた。

「うぐぅっ……！」

衝撃で拘束する力が緩んだ隙をついて、メリアローズはパスカルの腕を振りほどいた。その拍子にナイフが掠《かす》ったのか、腕のあたりに痛みが走る。

「このっ……‼」

そのまま逃げ出そうとしたが、背後から伸びてきたパスカルの手が肩を掴み、床に引き倒される。

「っぅ……！」

「お前は……いつも俺をコケにしやがって‼」

目を開ければ、馬乗りのような体勢で、血走った目をしたパスカルがメリアローズを睨みつけていた。彼が今にも振り下ろそうとしているのは……銀色に輝く鋭いナイフだ。

不思議と、周囲の動きがスローモーションのようにゆっくり動いて見える。

ナイフを振り下ろそうとするパスカル。メリアローズを助けようとするバートラムとジュリア。

だが、この距離では間に合わないだろう。メリアローズの体も、凍り付いたように動かない。

その時、メリアローズの心をよぎったのは、今ここにはいない青年のことだった。

——ウィレム……！

そう心で念じただけなのか、それとも声に出たのかはわからない。

だが、彼の名を呼んだ途端、世界は再び忙《せわ》しなく動き始めた。

「ぐぁっ……！」

パスカルの肩に何かが刺さり、痛みでパスカルの動きが一瞬止まる。

次の瞬間、窓から飛び込んできた人影が、メリアローズに馬乗りになっていたパスカルを蹴り飛ばした。

その姿に、メリアローズの視線は釘付けになる。

見慣れた淡い金の髪に、見慣れない騎士装束。今までに見たことがないような、鬼気迫る表情。

そこにいたのは、メリアローズが思い描いたばかりの人物――ウィレムだったのだ。

「っ……またお前か‼　いつもいつも、俺の邪魔をっ‼」

鬼のような形相《ぎょうそう》で、パスカルがナイフを手にウィレムへ襲い掛かる。

だが、ウィレムは目にもとまらぬ速さで剣を抜いて、パスカルの振りかぶったナイフを弾き飛ばした。

「なっ⁉」

呆然と目を見開くパスカルの首元に、ウィレムが剣を突きつける。剣先がパスカルの皮膚を裂き、たらりと鮮血が滴り落ちた。

「ウィレムっ！」

メリアローズはとっさに彼の名を呼んだ。

するとウィレムがはっとしたように目を見開き、わずかに剣を引く。

「ははっ……お前、この俺にこんなことをしてタダで済むとでも――へぶぅ！」

何を勘違いしたのか、みっともなく喚き始めたパスカルの顔面をウィレムが容赦なく殴りつける。パスカルは背後に吹っ飛び、壁に激突して動かなくなった。

「……屑《くず》が」

そう呟いて、ウィレムが振り返る。彼の鋭い瞳が、メリアローズの姿を認めた途端、安堵に緩んだのがわかった。

――ウィレムが……ここにいる。

そう実感したら、もう駄目だった。今までせき止められていた感情が溢れ出すかのような、激情に襲われる。その衝動のまま、体が勝手に駆け出していた。

「ウィレムっ……！」

もつれそうになる足を必死に動かし、メリアローズは飛び込むようにして、全身でウィレムに抱き着いた。ウィレムはしっかりともう片方の腕でメリアローズを抱き返してくれた。

「……遅くなって、すみません」

痛いほどに強く抱きしめられ、瞼の奥から、自然と涙が溢れてくる。

もう離れたくないとでもいうように、メリアローズは夢中で目の前の体温に縋り付いた。

――ウィレム、ウィレム……！　来てくれたのね……‼

まるでおとぎ話の中で、姫君を救いに来る騎士のように、彼は来てくれた。よくよく見れば、彼の髪や装束は乱れ、ところどころ血が飛び散っている。

ひどい格好だが、彼自身は流血するほど目立つ怪我を負っているようには見えない。

それでも、彼が危険を冒してここに来てくれたのは痛いほどにわかった。

——馬鹿、無茶するんだから……！

そのまま、しばらくの間……二人は固く抱き合っていた。

まるで、もう二度と離れないとでもいうように。

ウィレムのぬくもりが、メリアローズの恐怖を、不安を少しずつ溶かしていくようだった。

そんな風にうっとりと身を預けるメリアローズの元に、今度はジュリアがぎゅうぅと抱き着いてきた。

「メリアローズ様、私も頑張りました‼　褒めてください‼　この場所を特定したのは私です‼」

「そ、そうなの……？　ありがとう、ジュリア」

「私のこともぎゅってしてくださいぃぃぃ」

まるで甘える子犬みたいね……と苦笑しつつ、メリアローズはジュリアを抱きしめ頭を撫でてやった。すると、ジュリアは嬉しそうに「えへへ」と笑う。

彼女が本物の犬だったら、きっと千切れんばかりに尻尾を振っていたことだろう。

「お前が落としてった花の匂いを辿って、ジュリアがここを突き止めたんだ」

近づいてきたバートラムの発した言葉に、メリアローズは思わず笑ってしまった。

まさか猟犬のような真似までできるとは、ますますジュリアは犬のようだ。

「あなたも来てくれてありがとう、バートラム」

「俺にも熱いハグしてくれてもいいんだぜ？　なんならキスでも可……おい、冗談だからすごい顔で睨むのはやめろ」

　にやにや笑いながら調子に乗っていたバートラムは、メリアローズの背後を見た途端顔をひきつらせた。ジュリアに纏わりつかれていたメリアローズは、残念ながらその時のウィレムの表情を見逃してしまったが。

「……とにかく、間に合ってよかったよ。大会を投げ出して来た甲斐があったな」

　なんとなくいい話風に纏めようとしたバートラムの言葉に、メリアローズはやっと大事なことを思い出す。

「そうだ、大会は⁉　どうなったの⁉」

「……俺とジュリアは途中棄権という扱いで、現地ではあなたの不在をなんとか誤魔化して、続けられているはずです」

　ウィレムが静かにそう告げた途端、メリアローズの顔は蒼白になった。

「……行かなきゃ」

「行くってどこに――」

「大会の会場よ！　このままだと、ユリシーズ様とリネットが危ないの――‼」

　メリアローズの杞憂ならそれでいい。だが、予想が当たっていたとしたら……今まさに、ユリシーズとリネットが危険に晒されているのだ。

　そう告げると、ウィレムは驚いたように目を見開いた。

「そんな馬鹿な……」

「いいから！　私の思い過ごしならそれでいいのよ‼　だから早く‼」

必死でウィレムを急かすと、メリアローズに同調するようにバートラムも口を開く。

「……わかった。ここの処理は俺に任せろ。……気をつけろよ」

「バートラム……ありがとう」

「ウィレム……何があっても、メリアローズを守れよ」

「この命にかけて」

ウィレムは重々しくそう告げると、メリアローズの手を取った。メリアローズはしっかりと彼の手を握る。そのままウィレムに手を引かれるようにして、メリアローズは必死に走った。

◆◆◆

やっとの思いで剣術大会の会場に舞い戻ったメリアローズの目に入ったのは、まさにユリシーズが優勝者に栄誉の証として白く輝く美しい剣を授けようとしている場面だった。

本来ならあれはメリアローズの役目だったのだが、勝利の乙女の不在につき王子が授与するということになったようだ。

——ユリシーズ様に……リネット！　よかった、二人とも無事ね……。

ユリシーズの背後には、緊張した面持ちのリネットの姿も見える。

二人の無事を確認し、メリアローズはほっと息を吐いた。

どうやら大会を制したのは、ロベルト王子のようだ。

ユリシーズの前に立つ彼は、緊張することもなくリラックスした様子を見せている。

見目麗しい二人の王子がそろい踏みの状況に、会場に集まった観客たちは眩すぎるロイヤルオーラにあてられたのか、ぽぉっと夢見心地になっている。

ざっと会場内を見渡し、メリアローズは怪しい者がいないかどうか視線を走らせた。

――やっぱり、警備の人数が少なすぎる……！

あのユリシーズとリネットのことだ。自分たちの警備要員まで、メリアローズの捜索に回してしまったのかもしれない。

自身の失態に内心舌打ちしながら、メリアローズは足を早め……気がついた。

「っ！　あそこ‼」

王子やリネットたちの後方、ダブル王子に夢中になっている観客たちとは明らかに異なる動きの者がいる。

見た目はどこにでもいる若い男だ。だが、彼は明らかにせわしなくあちこちを見回している。

……まるで、何かのタイミングを図るかのように。

どうやら警備の者たちも、ダブル王子が正装で並んだレアな状況に視線を吸い寄せられており、不審者には気がついていないようだ。

もっとちゃんと仕事しなさいよ！　……という思いをぐっと抑え、メリアローズは思いっきり叫んだ。

「ユリシーズ様！　リネット！　後ろ‼」

「メリアローズ様⁉」

その途端リネットの表情がぱっと輝き、彼女は嬉しそうにメリアローズの姿を探し始める。

――しまった……!

メリアローズは瞬時に己の失態を悟った。

メリアローズの声に反応したのはリネットだけではない。

不審者も自らの存在を悟られたことに気づいたのか、一気に行動を起こしたのだ。

「なっ、止まれ‼」

若い男はいきなり走り出すと、ダブル王子に視線を奪われていた警備兵の隙をついて一気に飛び出した。彼が手にした短剣が狙うのは……驚いたように立ちすくむリネットだ。

「リネット‼」

メリアローズはほとんど悲鳴に近い叫び声をあげることしかできなかった。

だが、凶刃がまさにリネットを切り裂こうとした瞬間――。

キィン……と小気味よい剣戟《けんげき》の音が響き、男の短剣が弾き飛ばされ宙を舞う。

優勝者に授与するはずだった剣を手にしたユリシーズが、瞬時に身をひるがえし剣を振るい、リネットを凶刃から守ったのだ。

ユリシーズが冷たい目で男を睨むと、男は明らかに怯んだ様子を見せる。

そして、その隙に集まってきた警備兵に取り押さえられていた。

「よかった……」

「いや、まだだ……メリアローズさんはここにいてください！」

「えっ⁉」

そう言うやいなや、ウィレムはどこかを目指して走り出した。

メリアローズも追いかけようとして……踏み出しかけた足を止める。

メリアローズはウィレムのように、こちらに害をなそうとする者と直接戦うような力はない。

今二人についていっても、足手まといにしかならないのだ。

——だったら、私は私にできることを……。

いつでも動けるように周囲の状況に気を配りながら、メリアローズはきゅっと唇を噛んだ。

おそらくウィレムは、客席に潜む残党に気づいたのだろう。

ウィレムに追いつめられ逃げようとした者が数人、あえなく制圧され警備兵に連行されていく。

だがその中の一人が、やけになったかのように客席から飛び出し、王子たちの方へ向かって駆け出していくではないか。

「っ……！」

メリアローズは思わず息をのんだが、ウィレムの反応は素早かった。

いつの間にかウィレムの側に移動していたジュリアと息の合ったコンビネーションで、あっという間に男の自由を奪い、無力化してしまったのだ。

——……これで終わり？　いえ、まだ……！

ざっと見渡す限り、これ以上行動を起こすものはいないようだ。

だが、メリアローズはピリピリとした嫌な空気を感じ取っていた。

悪意や敵意のようなものだろうか。確かに感じるその源は……。

直感的に、メリアローズは視線を上げる。そして、見つけた。

付近の建物の屋上――柱の陰に隠れるようにして、弓を引き絞り狙いを定める人影を。

「ウィレム、上‼」

とっさにそう叫んだ途端、矢が放たれた。その軌道の先にいるのは……ユリシーズとリネットだ。

メリアローズの声に呼応するように、ウィレムが視線を上に向ける。

そして次の瞬間、彼は瞬時に剣を抜き、空を切るように振り下ろした。

まさに、奇跡としか言いようがないだろう。

彼は、飛来する矢を剣で叩《はた》き落としたのだ！

失敗を悟ったのか、屋上の弓兵はすぐに姿を消した。

メリアローズはじっと神経を研ぎ澄ましたが、もう先ほどのようなピリピリとした敵意は感じない。だが、その代わりに、あたり一帯を観客の悲鳴やざわめきが包み込んでいた。

「なに、何よ今の……！」

「やだ、怖いよ……」

「暗殺者だ！　早く逃げるぞ‼」

――まずい、このままじゃパニックに……！

ウィレムたちのおかげで、ユリシーズもリネットも無事だ。観客にも被害はない。

だが、このままでは観客たちはパニック状態に陥り暴走してしまうだろう。

そうなれば、本来起こるはずのなかった大事故へとつながる可能性も否定はできない。

なんとか、ここで食い止めないと……！

メリアローズは意を決して、大きく息を吸った。

「みなさん、落ち着いてください！」

メリアローズが渾身の力を込めてそう呼びかけると、不意に観客は静まり返る。

――動揺してはダメ、怖がってはダメ。落ち着いて、落ち着くのよメリアローズ……！

メリアローズはにこりと笑って、一歩足を踏み出した。

自分でも足が震えているのを感じずにはいられなかったが、それを悟られないように精一杯の笑顔を浮かべる。

「みなさん、お怪我はありませんか？　先ほどの騒ぎ、さぞや驚かれたことかと思いますが……もう大丈夫です。何も恐れることはありません」

この会場の全ての人間がメリアローズを見て、メリアローズの言葉に耳を傾けている。

この場をうまく収められるかどうかは、メリアローズの振る舞いにかかっているのだ……！

そう意識して、メリアローズはまた一歩足を踏み出した。

ゆっくりと歩みを進めるメリアローズに、観衆の視線が突き刺さる。

ここでメリアローズが下手を打てば、国や王家の威信を揺るがすような事態に発展しかねない。

そう思うと怖気づきそうになったが、メリアローズの視界にウィレムの姿が映る。

彼はメリアローズに向かって、そっと頷いた。その途端、ふっと不安が、恐怖が消えていく。

――そうよ、ウィレムは身を挺して私たちを守ってくれた。だったら今度は、私の番ね……！

見ていて頂戴。これが、メリアローズ・マクスウェルの戦い方よ。

彼に向かってそっと微笑み、メリアローズは大きく息を吸う。そして再び口を開いた。

「平和を乱す悪党たちは、既に我が国の誇る精鋭兵……それに、若き騎士たちによって鎮圧されております。我が国の平和、皆様の安寧は、いついかなる時も彼らによって守られています。勝利の女神は、常に我らの味方なのです！」

大げさに身振り手振りを加えながら、メリアローズは続ける。

観衆たちは、じっとメリアローズの言葉に聞き入っているようだった。

逃げ出そうとする者は……もういない。

――あとは……なんとか皆の気分を切り替えることができれば……！

試合会場の中央――ユリシーズの元へ歩みを進めるメリアローズの目に、ロベルトの姿が映る。

――確かロベルト様は優勝者……。こうなったら、利用させてもらうわ！

メリアローズはロベルトに向かってにこりと笑顔を向け、彼の前へと足を進める。

ロベルトは、どこか興味深げな表情でメリアローズを見ていた。

彼の手を取り、メリアローズは観衆に向かって高らかに叫んだ。

「そして今日ここに、新たな英雄が誕生いたしました！　さあ皆さま、彼を祝福しなければ勝利の女神がへそを曲げてしまいますわ。ロベルト殿下に大いなる祝福を‼」

メリアローズの声に呼応するように、会場からまばらな拍手が起こり始めた。

最初は数人の、小さな拍手は、やがて声援交じりの大きな渦へと変わっていく。

「……君はすごいな」

メリアローズに向かって小さくそう告げると、ロベルトは観衆に向かって大きく手を振り始めた。

彼らの注目がロベルトに注がれているのを確認して、メリアローズはそっと、刺客を捕らえた衛士たちに撤収を指示していたユリシーズに近づき、小声で囁く。

「王子、パレード用の花火の用意がありましたよね。……予定外ですが、今から何発か打ち上げていただくことはできますか」

「……わかった。責任はすべて僕が持つ。君の機転に感謝を」

今は何よりも不安を忘れさせ、観客の気分を盛り上げるのが最優先だ。ユリシーズもそう察したのだろう。

小さくそう呟くと、ユリシーズは控えていた侍従に小声で指示を飛ばしていた。

その様子を見届けて、メリアローズはいまだにユリシーズの隣で怯えたように身を縮こませるリネットに近づく。

「大丈夫よ、リネット」

「メリアローズ様……」

顔を上げたリネットの瞳には、大粒の涙が溜まっていた。

無理もない。今しがた、彼女は危うく殺されかけるところだったのだ。

普段なら怯える彼女を宥め、十分に泣かせてやることもできたのだが……今はそうはいかない。

そっとリネットの涙を拭い、メリアローズは彼女に囁いた。

「顔を上げて、リネット。あなたが不安そうな顔をしていれば、それは皆に伝わってしまうわ」

そう告げると、リネットははっとしたような表情を浮かべる。

「大丈夫。もう絶対にあなたを傷つけさせたりしない。だから、何も心配しなくていいのよ」

ゆっくりと優しく、メリアローズはリネットに語り掛ける。

「だから今は、顔を上げて、笑って。皆が、不安にならないように。それが……上に立つものの責務よ」

そう告げた途端、リネットは大きく目を見開いた。

じっと励ますように、メリアローズは彼女の手を握る。

――そうはいっても……難しいわよね。

メリアローズは幼い頃から、貴族として、公爵令嬢としてどのように振舞うべきかをみっちり教えられてきた。

王族や貴族は民を守り、導くという義務がある。

時には、虚勢を張ったパフォーマンスも必要なのだ。

慌てふためき弱みを見せれば、それこそ敵に付け入る隙を与えることになってしまう。

だから、たとえどれだけ危険な状況でも、笑顔で優雅に振舞わなければならないこともあるのだ。

「リネット……」

リネットは何も言わずに俯いた。

彼女はこのような危険とは無縁な、春風のようにたおやかな少女だ。

いきなりこんなことを言われても、すぐに受け入れられるわけはないだろう。

さてどうするか……とメリアローズが思案を始めた時、メリアローズが握った手が、確かに握り返されたのだ。

「メリアローズ様……」

消え入りそうな声で、それでもリネットは確かにメリアローズの名を呼び、顔を上げた。

彼女は、もう泣いていなかった。

「もう、大丈夫です。メリアローズ様」

……そうだ、これがリネットだ。

穏やかで、芯が強い。彼女は、そんな少女だったのだ。

そう思いだし、メリアローズは微笑む。

「私も、メリアローズ様のような……立派な淑女になってみせます。だから……」

メリアローズの手を握るリネットの手に、いっそう力がこもった。

「見ていて、ください……！」

不安げに瞳を揺らめかせて、それでも気丈にリネットはそう告げた。

そんな彼女に、メリアローズはしっかりと頷き返す。

「ええ、お手並み拝見させてもらうわ」

メリアローズがそう言うと、リネットは嬉しそうに顔を輝かせる。

——リネットが王子の婚約者に選ばれたのは……私にも責任がない訳じゃない。しっかりと支えてあげなきゃね。

ユリシーズに手を取られ、リネットも控えめに観衆に向かって手を振っている。

その姿を見て、メリアローズは小さく息を吐いた。

すると、メリアローズの方を振り返ったロベルトが意味深に片目を瞑ってみせた。

その意味が分からず目を瞬かせるメリアローズに悪戯っぽい笑みを向けると、彼は観衆の方へ視線を戻し、とんでもないことを口にしたのだ。

「やれやれ、ここまで勝利の女神と皆に祝福されては、これは一肌脱がないわけにはいかないな。それでは……エキシビジョンマッチと洒落《しゃれ》こもうか！」

ロベルトが観衆に向かって高らかにそう宣言すると、一気に会場は沸き立った。

彼の思わぬ言葉に、メリアローズは目を丸くする。

「さて、肝心の対戦相手だが……ユリシーズはどうだ？　いや、婚約者の前で無様な姿を晒させるのは気の毒だな。やめておこう」

ロベルトの冗談に、会場内は笑いに包まれた。

すぐ近くにいたユリシーズが、笑顔のまま軽く舌打ちしたのにメリアローズは気がついたが、そこは聞こえなかったふりをした。

「そうだな、だったら……」

ロベルトの視線が一点を向く。つられるようにそちらに視線をやって、メリアローズは驚いた。

「ウィレム・ハーシェル、君と戦いたいと思っていた」

ロベルト王子の視線の先にいたのは、メリアローズと同じく驚いた様子のウィレムだったのだ。

呆気にとられたような表情を浮かべるウィレムに、ロベルトはにやりと笑って小声で告げた。

「今度は逃げるなよ」

「……はい、光栄です、ロベルト殿下。力不足ながら、お相手仕ります」

どこか楽しそうなロベルトと、真剣な表情のウィレムは、会場の中央へと進んでいく。

どうやら本当に、エキシビジョンマッチが始まるようだ。

確かに観衆の気を逸らすことはできただろうが……これは大丈夫なのだろうか。

「止めなくていいのかしら……」

「メリアローズ、これは男のロマンなんだ。君は勝負の行く末を見守らなければならないんだ」

「はぁ……?」

何故か嬉しそうなユリシーズに、メリアローズは首をかしげることしかできなかった。

まぁ意味はよくわからないが、花火までの時間稼ぎにはなりそうだ。

「さぁ皆さま、わたくしと共に勇敢なる二人の騎士に熱い声援を‼」

メリアローズが観客に向かって呼びかけると、会場の至る所から黄色い声援が飛んでくる。

隣国の王子とノーマークの若き剣士の対決に、今や観客は夢中になっているようだ。

――よしよし、これでさっきの不祥事は忘れられそうね……！

熱狂の中、どこか楽しそうに剣を交える二人を見ながら、メリアローズはそっと安堵の息を吐いた。

◆◆◆

結果的に、様々なアクシデントは起こったが、剣術大会はロベルトの優勝という形で幕を閉じた。

エキシビジョンマッチの途中でメリアローズは限界を迎えて、くたりと倒れかかったところを慌てて王宮に運ばれた。

そのせいで、ロベルトとウィレムの試合は途中で中断されてしまったそうだ。

翌日になって、もうすっかり大丈夫だと主張したが、医師に安静を言い渡されてしまった。

賓客用の一室で軟禁状態のメリアローズは、不満に頬を膨らませる。

外からは王国祭を満喫する人々の、笑い声や軽快な音楽が聞こえてくるのだ。

彼らに混じって王国祭を楽しもうと色々なプランを考えていたのに、これでは生殺しである。

「我慢してください。あんなことがあったんだから」

一緒についていてくれたウィレムに諫められ、メリアローズはじとりと彼を睨む。

メリアローズを慰めてくれる彼も、今日は用があるらしく、もうすぐこの部屋を出て行ってしまう。

その事実が、また一段とメリアローズを苛立たせていたのだ。

「あなたはいいわね。私の分まで王国祭を楽しんできて頂戴」

「違いますよ！　いろいろと所用があって――」

「………ふん」

ぷい、とそっぽを向きつつも、メリアローズも心の底ではわかっていた。

ウィレムはメリアローズを一人置き去りにして、祭りを楽しむような人間じゃない。

あれだけの事件が起こったのだ。当事者の一人である彼にも、色々とやることがあるのだろう。

そうわかっていても……つい憎まれ口を叩いてしまう。

ウィレムはソファに腰かけるメリアローズの傍にそっと屈《かが》みこむと、優しく耳元で囁いた。

「すぐに戻ってきますから、いい子で待っていてください」

「な、ななな……」

いい子で待っていろ、とは何だ。これを口にしたのがバートラム辺りなら、即座に扇子でひっぱたいているところだ。

だが、彼が耳元で囁いた途端……全身がぶわりと熱くなってしまう。

――ななな、生意気よ！　メガネの癖にいいぃぃぃ!!

そう言いたいのに、口から漏れるのは熱い吐息だけ。

真っ赤になったメリアローズの耳朶に、ウィレムの指が優しく触れる。

その途端びくり、と大げさに反応するメリアローズに、ウィレムはくすりと笑った。

「あなたに何かあったら、と思うと、俺は何も手に付かないんです。だから、今は大人しく待っていてください」

「わ、わかったわ……」

真摯な声で懇願されると、逆らうことなどできはしなかった。

そっと頷いたメリアローズの髪を、ウィレムが一筋掬い取る。そして、そのまま軽く口付けた。

「っ……！」

「それでは、行ってきます」

最後に軽くメリアローズの肩に触れて、ウィレムは部屋を後にした。

そのまま一分ほど固まっていたメリアローズは、我に返って大爆発した。

「あああああぁぁぁぁぁ‼」

クッションに顔を押し付け、じたばたとソファの上で暴れまわる。

全身が熱い。燃えるように熱い。

何故だろう。ウィレムが普段の百倍ほどかっこよく見えてしまうのは。

『すぐに戻ってきますから、いい子で待っていてください』

先ほどの彼の言葉が、まだ耳に残っている。

「うん、待ってる……」

ぎゅうぅ、とクッションを抱きしめて、メリアローズはそっと呟いた。

落ち着こうと思っても、脳裏に浮かんでくるのは彼の姿ばかりだ。

特に、パスカルに追いつめられたメリアローズの窮地に飛び込んできた時の姿など、今思い出すだけで……。

「はぁ……駄目よ、こんなの……駄目なのにぃ…………！」

「何が駄目なんですか？」

「はうぁ⁉」

自分以外誰もいないはずの部屋で聞こえた声に、メリアローズはひっくり返りそうになりながら顔を上げる。

いつの間にか、部屋の扉が開いていた。その向こうに立っているのは、不思議そうに首をかしげるジュリアと、若干気まずそうな表情のバートラムだった。

「なな、なんでここに⁉」

「さっきまで祭りに行ってたんだよ。なぁジュリア」

「ほら、見てください！　いっぱい買ってきたんですよ～」

バートラムに促され、ジュリアは得意気に、両手に抱えた戦利品を頭上へと掲げてみせた。

メリアローズは奇行を全力でスルーしてくれた上に、ジュリアの意識を逸らしてくれたバートラムに感謝した。

見れば、ジュリアが抱えているのは美味しそうな屋台料理の数々だ。その光景に、メリアローズの喉がごくりと鳴る。

――そうよ。お祭りに出かけて、こういうのが食べたかったの！

「一緒に食べましょう、メリアローズ様‼　ほら、この串焼きが美味しいんですよ！」

ジュリアの満面の笑みに、メリアローズはくすりと笑う。

この場は、ありがたく彼女の厚意に甘えるとしよう。

国内外の王侯貴族が滞在するような、王宮内の豪奢《ごうしゃ》な一室で、庶民のように串焼きを頬張る（一応）貴族子女三人。

奇妙な光景だと思わないでもなかったが、どうせここにいるのは気心の知れた者だけだ。そこまで気にすることはないだろう。

——まぁ、たまには……こんなのも悪くはないわね。

本来の楽しみ方とは随分異なっているような気はしたが、それでもメリアローズはちゃんと祭りの味を楽しんだのだった。

◆◆◆

やっと迎えた王国祭最終日の夜。

盛り上がりの冷めやらない楽しげな音楽を遠くに聞きながら、メリアローズは目の前のユリシーズに問いかけた。

「それで、話とは？」

つい数時間前、国民の前で溢れんばかりのロイヤルオーラをまき散らしながら挨拶し「王子のあまりの神々しさに失神した者の数」の記録を更新したばかりのユリシーズは、その時とは打って変わって深刻な表情をしていた。

彼の傍らには、同じく難しい顔つきのロベルト王子もいる。

至近距離にダブル王子揃い踏みという、世の乙女たちなら鼻血噴出ものの状況にも、メリアローズは素直に喜べなかった。

「わざわたくしを呼び出して、何かお話があるのでしょう？」

剣術大会の日以来、メリアローズはずっと王宮に留まる生活を続けていたのだ。

久しぶりにマクスウェル家の屋敷に戻りゆっくりできる……と思ったところでの呼び出しである。

しかも、今この部屋にいるのは三人のみ。

これでただの世間話がしたかったなどと言い出すのなら、メリアローズは相手が王子であろうと扇ですっぱたきたい気分だった。

メリアローズが若干イラついているのを感じ取ったのか、ユリシーズは小さくため息を吐いて口を開く。

「……パスカル・スペンサーのことだけど」

「っ⁉」

ユリシーズが告げた名に、メリアローズは思わずはっと息をのむ。

その反応を見て、ユリシーズは慌てたように両手を振った。

「すまない……！　気が乗らないならまたの機会にでも――」

「……いいえ、お話しさせてください」

結果を見れば稚拙極まりないとしか言いようがないが、彼は王位簒奪《さんだつ》を企んでいたのだ。

メリアローズはそんな彼と直接対峙した。王家に仕える貴族の責務として、そして……ユリシーズの友人としても、メリアローズの知る限りを彼に伝えなければならない。

メリアローズは深呼吸し、ゆっくりと自らが知りうる限りをユリシーズに伝えた。

「……ですから、わたくしの知る限り、今回の件についてはスペンサー家の意向ではなく、パスカルの独断でしょう。どうか、寛大な処置を」

「あぁ、まだ取り調べの途中だが、パスカル以外のスペンサー家の人間には、反王室グループとの繋がりは見つかっていない。パスカルの監督責任を果たせなかったことを考えると、まったくお咎《とが》めなしとはいかないだろうが……スペンサー家自体が消えるようなことにはならないよ」

そう言って微笑んだユリシーズを見て、メリアローズはほっと安堵の息を吐く。

マクスウェル家とスペンサー家は同じ公爵家同士、交流も深い。パスカルのようなアホンダラを輩出したことを考えると複雑だが、メリアローズもスペンサー家自体に恨みはなかった。

「……そんなに、玉座って魅力的なものかな」

ふと、ユリシーズがそんなことを呟く。はたから見れば完璧王子なユリシーズにも、何か思うところがあるのだろう。

メリアローズが公爵令嬢という立場から逃げ出したいと思ったように、彼もまた、王太子という立場を重荷に思うことがあるのかもしれない。

だが残念ながら、メリアローズは彼の感傷に付き合う気はなかった。

「さぁ。わたくしは玉座に座りたいと思ったことはございませんので、わかりかねますわ」

「はは、君はそう言うと思ったよ」

「ですが……そこに座すのが、どうしようもないボンクラでは困るのです。ユリシーズ様」

――玉座に座るのは、あなたでなければならない。

言外にそう告げると、ユリシーズは驚いたように目を丸くした後……小さく笑った。

「今の言い方、マクスウェル公によく似てるね」

「お父様に？」

「そうだよ。父上もよくそんな風にプレッシャーを掛けられてるから」

ユリシーズの父は国王。メリアローズの父はその右腕である宰相だ。

宰相が国王にプレッシャーをかける……。まぁ、この国ではありえないことではないのかもしれない。

くすくすと笑うユリシーズに、メリアローズも曖昧に笑い返すことしかできなかった。

すると、今までじっとメリアローズたちの話を聞いていたロベルトが、いたずらっぽく笑う。

「ところでメリアローズ嬢、俺が剣術大会で優勝した件についてだが」

シリアスな話から急にまったく関係ない話題を振られ、メリアローズは不覚にも動揺してしまう。

――なに？　いきなり何なの⁉　それ今言わなきゃいけないことなの⁉

まったくロベルトの考えが読めず慌てるメリアローズに、ロベルトは一気に距離を詰めてきた。

「確か優勝者は……君に求婚する権利が得られるんだったかな？」

「それは事実無根の大嘘で――」

メリアローズは慌てて否定しようとしたが、その前にロベルトに手を取られ、言葉に詰まってしまう。

ロベルトはメリアローズの前に跪くと、すっと顔を上げる。

彼の意志の強さを秘めた視線に射抜かれて、メリアローズは動けなくなってしまう。

「……やはり、君はおもしろいな。恐慌状態に陥りかけた観客を見事に鎮めてみせたのには感心したよ。俺が帰国する折には、一緒に来ないか？」

思わぬ言葉に驚くメリアローズをまっすぐに見据え、彼は告げる。

「俺の、妃として」

妃――という単語が聞こえた途端、メリアローズは固まってしまった。

――もしかして私、とんでもない事言われてる……⁉

さっきまですごく深刻な話をしていたというのに、いきなり求婚するのはやめて欲しい。

こんなの、思考が切り替えられるわけがない……！

「わ、わたしは……」

とにかく何か言わなくては……という意識が働いたのか、メリアローズは自分でも何を言おうとしているのかわからないまま口を開いていた。

――でも何を……なんて言えばいいの？

冗談なのか本気なのかはわからないが、ロベルトはメリアローズに求婚した。

ここでメリアローズが承諾すれば、おそらく……メリアローズは彼の妃として隣国へ嫁ぐことになる。

ロベルトの祖国はこの国の同盟国であり、メリアローズが彼に嫁げばその関係も今以上に盤石になり、マクスウェル家はますます栄えることとなるだろう。

利益だけを重視すれば、ロベルトに嫁ぐのは決して悪くない――それどころかほぼ最良に近い選択肢なのだ。

だが、それでも……。

『あなたが……公爵令嬢でも悪役令嬢でもない、メリアローズさんのことが』

『誰よりも、好きだから』

脳裏に浮かぶのは、目の前の王子ではない、別の面影だ。

彼はロベルト王子に比べれば、地位も権力も何も持っていないに等しい。

彼のことを思い出すと、心がひどくざわめいた。

「私、わたし………」

模範的な公爵令嬢としてのメリアローズは、彼の求婚を受けるのが最善だとわかっている。

友好国の王子に求婚されるなど、この上なく名誉なことだ。

だが、心の奥深くにいる、一人の少女としてのメリアローズは……ロベルトではない、別の相手の名を呼び続けている。

相対する思いが絡まり、心の中がぐちゃぐちゃになってしまう。

何度か口を開いては閉じて、メリアローズは何とか言葉を紡ぎだそうとした。

だが、自分でも自分がコントロールできない。

――私……なんて答えようとしているの……？

自分でもわからないまま、言葉を乗せようとした瞬間――。

「いや、それは駄目だ」

突如、メリアローズとロベルトとの間にユリシーズが割って入って来たのだ。

彼がロベルトを睨みつけると、ロベルトは若干不服そうにメリアローズの手を離した。

「わざと深刻な話の後に求婚して、メリアローズが混乱して承諾することを狙ったな？」

「なんだ、そこまでばれてたのか」

「王族という立場を振りかざして、強引に迫るのはよくない。……そうだろう？」

同意を求めるようにユリシーズがメリアローズの方を振り返る。

その視線を受けて、メリアローズは思い出した。

ユリシーズがリネットへ求愛した際に、メリアローズは「王子という立場を利用して強引に迫るな」と釘を刺したのだった。

どうやらユリシーズは、そのことを覚えていたらしい。

「……本気で求婚するつもりがあるなら、もっと時と場所を選んだ方がいい」

「日をあらためればいいのか」

「いや、それでも駄目だ。やっぱり、メリアローズには……僕の傍にいてもらわないと困る」

ユリシーズがそんなことを言いだしたので、メリアローズは驚いてしまった。

いろいろなことが起こって、この完璧王子の思考回路もついに狂ってしまったのかもしれない……！

「だから、君に連れていかれると困るんだ」

「なんだ、リネット嬢に加えてメリアローズ嬢まで手にしようとするつもりか？」

「え…………？」

ロベルトの言葉に、ユリシーズは不思議そうに目を瞬かせた。

そして数秒後、得心がいったかのように手を叩いた。

「いや、違う違う。メリアローズには僕とリネットの傍にいてもらわないと困るんだ。頼れる友人として」

朗らかな笑みでそう告げたユリシーズに、メリアローズは脱力しそうになってしまった。

――ちょっと焦ったじゃない……！　この天然魔性男が‼

「まったく……そういうところですわ！」

「えっ、何が？」

「そうやって老若男女問わず誘惑するから……皆がバタバタと倒れるのです！」

「何を言っているんだメリアローズ」

……どうやら自覚はないらしい。

ユリシーズの放つロイヤルオーラが眩しすぎるせいというのもあるだろうが、彼が次々と周囲の人間を魅了するのは、彼のこういった無自覚に相手をその気にさせるような態度にも原因があるのだろう。

よくわかっていなさそうなユリシーズにがみがみと小言を言っていると、その様子を見たロベルトがけらけらと笑いだす。

「はは、やはり君たちは面白いな！」

おかしそうに笑う隣国の王子を見て、メリアローズは無性に怒りが湧いてきてしまう。

――なによ……やっぱりロベルト様のさっきのあれも冗談だったんじゃない……！

メリアローズだって色々なことがあって疲れてるというのに、二人してメリアローズをからかっておもしろいのだろうか。

なんだか馬鹿馬鹿しくなり、メリアローズはふぅ、と大きくため息をつく。

「夜も更けてきましたし、わたくしはこの辺りで失礼させていただきますわ！　夜更かしはお肌の大敵なので‼」

「そうか、おやすみ。お腹を冷やさないようにね」

「あなたは私の侍女ですか‼　おやすみなさいませ‼」

侍女のシンシアによく注意されることをユリシーズにも言われ、メリアローズは若干恥ずかしくなって逃げるようにその場を後にした。

――まったく……やっぱり王子って人種は苦手だわ‼

多くの乙女が「何を贅沢《ぜいたく》な！」と憤慨するようなことを考えながら、メリアローズはぷりぷりと怒りながらあてがわれた部屋へ戻るのだった。

◆　◆　◆

メリアローズが出て行った扉が閉まるのを確かめ、ユリシーズはロベルトの方へ視線を戻す。

「それで……どこまで本気だったんだい？」

そう問いかけると、ロベルトはやれやれと肩を竦めた。

「すべて本気だが？」

「そうか、残念だったね」

「おい、まだフラれてないぞ」

「メリアローズは君の所には行かないよ。たっぷりと考える時間をあげれば、彼女はそう結論を出すはずだ」

自信たっぷりにそう告げたユリシーズを見て、ロベルトはため息をついた。

ロベルトが初めてメリアローズに相まみえたのは、もう数年も前のことだ。

公の場で完璧な淑女として振舞う彼女を見て、よくできた人形のような少女だと思ったのを覚えている。だが、ロベルトはすぐにその認識をあらためることとなった。

一歩、公の場を出たメリアローズは、まったく違う表情を見せてくれたのだ。

地面に膝をつき、でれでれと子猫に頬ずりしている場面を見たこともある。

誰も見ていないからと、鼻歌を歌いながら爆速で王宮の廊下をスキップしている場面を、こっそり見かけたこともある。

今年再会した時などは、何故か窓ガラスに頭をガンガンとぶつけていた。

そんな貴族令嬢らしからぬ場面を目にするたびに、ロベルトは彼女に興味を持ち、好ましく思うようになっていった。

気がつけば、ずっとその姿を目に映し、隣で笑っていて欲しいとの願いを抱いていた。

だが、そう思っていたのは自分だけではなかったのだ。

……もっと早くに、手を伸ばすべきだった。

「あと一年……いや、半年でも早く来ていれば口説き落とす自信はあったんだがな」

「機を逃したね。いやー残念残念」

「……ユリシーズ、一応言っておくと俺は完全に諦めたわけではないからな。情勢は常に変化するものだ。女心もな」

「それはどうかな?」

ユリシーズはにやりと笑って、口を開く。

「うちの騎士は手ごわいからね」

◆　◆　◆

ぷんすか怒りながら部屋へ戻り、就寝の準備をする内に、段々とメリアローズの心も落ち着いてきた。

ふと立ち上がり窓辺に立つと、あちこちに明かりが灯された、いまだ王国祭の余韻が残る王都の街並みが目に入る。

——綺麗な街……。この光景を守るのが、ユリシーズ様の……それに、私たちの役目なのよね。

民が安全に暮らせるように守り、治めるのが、王族や貴族の責務だ。

人々の上に立つ者には、それだけの力と責任がある。

——あの剣術大会の時だって、きっと私が勝利の乙女で公爵令嬢でなければ、誰も私の言葉なんて聞いてくれなかったはず……。

メリアローズが「メリアローズ・マクスウェル」であるからこそ、その言葉に人々は耳を傾ける。

良くも悪くも、それが現実なのだ。

メリアローズもそう理解していた。

——私、これからどうすればいいのかしら……。

ロベルトの求婚（?）の言葉を聞いた際、彼と共に彼の国に行く可能性も少しだけ考えた。

だが、こうしてゆっくり考えてみると、やはり……。

——ユリシーズ様やリネットは、今も危険な立場にいるのよ……。

特にリネットは、王子の婚約者という不安定な立場なのだ。

メリアローズは二人を……大切な友人をこれからも支えていきたいと思っている。

そのために、メリアローズには何が出来るのだろうか。

——『結局は皆、配られたカードで勝負することになるんだ。だったら、今の俺の手札を最大限に生かし、やってみようと思ってな。俺は、俺を慕ってくれる者たちのためにも、この道を進み続ると決めた』

かつてロベルトに言われた言葉が蘇る。

公爵家の令嬢として、メリアローズは今まで多くの者に支えられてきた。

――「国一番の貴族令嬢」

その肩書を、メリアローズは重荷に思うこともあった。どこか遠くに逃げ出して、ただのメリアローズとして生きてみたいと思うこともあった。

だが公爵令嬢という立場は、裏を返せばメリアローズの持つ強力なカードでもあるのだ。

「私が公爵家の娘でなければ、王子の婚約者にもなれなかった。ジュリアを護ることだってできなかったはずよ」

そう、メリアローズは既にその力の使い方を心得ていたのだ。

今後、パスカルのように玉座を狙う者が現れるかもしれない。

ルシンダのように、リネットをユリシーズの婚約者の座から引きずり降ろそうと企む者が現れるかもしれない。

これからも、ユリシーズやリネットの行く先には多くの困難が待ち受けているはずだ。

――私には、何ができるかしら……。

じっと胸に手を当て、メリアローズは深呼吸した。

すると、すっと気分が落ち着いてくる。

――そうよ、私はいったい何を悩んでいたのかしら……?

思えば周りに流されるままで、メリアローズ自身がどうしたいか、どうするべきかが置き去りになっていたのだ。

なんだ……こんな簡単なことだったのか。

そう思うと急におかしくなって、メリアローズはぽふりとベッドに倒れ込んだ。

次の瞬間、控えめに扉を叩く音が聞こえて、メリアローズは思わず飛び上がってしまう。

城のメイド辺りが何か言付けに来たのだろうか。

コホンと軽く咳払いし、メリアローズは平静を装い問いかける。

「……どなたかしら」

だが次の瞬間聞こえてきた声に、今度こそメリアローズは心臓が止まりそうになってしまう。

「メリアローズさん、俺です」

それは、確かにウィレムの声だった。

その声を聴いた途端、一気にメリアローズの体が熱を帯びる。

——どど、どうしよう……⁉　私もう寝る準備万端の状態なんだけど‼?

現在のメリアローズは髪も解いて、ロングワンピースタイプの寝間着（かわいいフリル付き）に着替え、更に美容の為に肌にアロマオイルを塗りたくっている最中であったのだ。

淑女がこんな状態で男性に会うなど言語道断だ。そもそも、こんな夜分に堂々とレディの部屋の戸を叩くんじゃない！　……と追い返すのが道理だろう。

だが、声を聴いてしまうとどうしても……メリアローズは無性に彼と話がしたくなってしまうのだった。

「三分……いえ、五分待ってちょうだい！」

「えっ？」

「レディにはいろいろあるのよ！　詮索無用‼」

「は、はいっ‼」

——どうするのよ！　私すっぴんなのよ⁉　もう夜だし暗いし……誤魔化せるわよね……？

慌てて衣装棚をひっくり返し、軽く上着を羽織る。

ばたばたと鏡の前に立ち、わたわたと髪を整える。

鏡の中からは、薄闇でもはっきりとわかるほど頬を紅潮させた少女がこちらを見ていた。

——落ち着いて、落ち着くのよ私……！

胸に手を当て深呼吸。それでも……メリアローズの頭は勝手に妄想を繰り広げてしまうのだ。

以前大臣に貰った小説の中では、夜にヒーローがヒロインの部屋を訪れると、ほとんど必ずと言っていいほど砂糖を吐きそうなほど甘いラブシーンが始まっていた。

ということは、この後……。

——いやいや、あのメガネよ⁉　そんな気の利いたことができるとは思えないわ‼

ぶんぶんと首を振って、メリアローズは脳裏から不埒《ふらち》な妄想を追い払った。

なんとか気分を切り替えなくては。こんな時は……。

すぅ、と息を吸い、メリアローズは扉の前に立つ。

そして、一気に扉を開きぴしゃりと言い放つ。

「まったく、こんな夜更けにレディを煩わせるなんて……本当に無粋な殿方ですこと！　アメンボ以下よ‼」

「うわっ、いきなり悪役令嬢モード⁉」

動揺した時は悪役令嬢になりきるのが一番だ。

扉の向こうのウィレムは一瞬驚いたような顔をしたが、何がおかしいのかくすくす笑っている。

その反応に、メリアローズの緊張も和らいでいった。

「まあ冗談はこのくらいにして……入って頂戴」

「えっ、入っていいんですか？」

「な、何よ……！　まさか変なことするつもりじゃないでしょうね⁉」

「め、滅相もございません……！」

そんなこと思いつきもしなかった、という必死な様子で首を振るウィレムに、メリアローズはほっと息を吐く。

……ふぅ、この様子だと小説の中のようなラブシーンは始まらなさそうだ。

安心半分、残念半分、メリアローズはウィレムを部屋の中へと通した。

「それで、こんな時間に何の用かしら？」

「その……謝って、おきたくて……」

「謝る……？」

一体彼が何をしたというのだろうか。

いまいち話がわからずにきょとんと目を瞬かせるメリアローズに、ウィレムは若干言いにくそうに口を開いた。

「その、俺は結局……剣術大会で優勝できなかったので……」

悲痛な表情でそう告げたウィレムに、メリアローズは目を丸くした。

──そういえば、そうだったわ……。

メリアローズの兄──アーネストは、ウィレムが剣術大会で優勝しなければ二人の関係を認めないと言っていた。

ウィレムも「必ず優勝して見せます」などと宣言していたはずだ。

正直、剣術大会で起こったアクシデントが強烈すぎて、メリアローズは今の今までそのことを忘れていたのだ。

「……メリアローズさん。ロベルト王子は素晴らしい方です。いえ、ロベルト王子でなくとも、マクスウェル家ならあなたを不幸にするような相手の元には嫁がせないはずです。……それでも、不義を働くつもりはありませんが、できることなら──」

「………………ウィレム、聞いて」

何やら盛大に先走り、悲痛な表情で己の決意を語るウィレムに、メリアローズは小さくため息をついた。

顔を上げ、まっすぐにウィレムの瞳を見つめ、メリアローズは問いかける。

「あなたの私への想いは、一度反対されたら……簡単に引き下がる程度のものなのかしら」

毅然と言い放ったつもりだったが、最後の方は声が震えてしまった。

……本当は、恐れているのかもしれない。

こんな面倒な条件付きの自分など相手にせずとも、ウィレムならいくらでも気立ての良い令嬢を相手にすることができるだろう。

そんな、現実を突きつけられるのが怖かったのだ。

――でも……もしそうなら、引き留めてはいけないわ。

この恋を終わらせ、ウィレムが新しい道を歩むというのなら……メリアローズは笑顔で祝福してやらなければならない。

そう考えるとじわりと目の奥が熱くなり、メリアローズはとっさに俯いた。

薄暗い部屋に、静寂が満ちる。

だが、ウィレムが一歩足を踏み出したことで、その静寂は破られた。

「……そんなわけ、ないじゃないですかっ…………！」

急に強く引き寄せられたかと思うと、メリアローズは気がつけば彼の腕の中にいた。

痛いほど抱きしめられ、息が止まりそうになってしまう。

「……誰にも渡したくない。あなたが他の男の隣で笑っている光景を想像すると、それだけで嫉妬で狂いそうになるっ……！　それでも――」

ウィレムは少しだけ腕の力を緩めると、激情を押し殺したような声で囁いた。

「……わかってるんです。俺よりもずっと、あなたにふさわしい相手がいることも。彼の元に行けば、あなたが幸せになれることも」

「…………傲慢ね」

ぽつりとメリアローズが呟いた言葉に、ウィレムは驚いたように息をのんだ。

力が緩んだ隙を見計らって、メリアローズは顔を上げ彼と視線を合わせる。

「さっきから聞いていれば、私を幸せにしてくれる殿方がどこかにいるって……そんなの勝手よ！　私の幸せは、私が決める」

真っ直ぐにそう告げると、ウィレムが驚いたように目を見開いた。

そんな彼にくすりと笑い、メリアローズは自信たっぷりに告げた。

彼がまだ、メリアローズのことを想っていてくれるとわかったのだから……もう、何も怖くない。

「メリアローズ・マクスウェルは黙って誰かの言いなりになったりはしないわ。私の道は、生き方は、私自身が決めるの。……もちろん、私のパートナーとなる相手もね」

あらためてそう言葉にすると、随分と胸がすっとした。

片目を瞑っていたずらっぽく微笑むと、ウィレムは呆気にとられたような表情の後……おかしくてたまらない、といった様子で笑い出したのだ。

「さすがは学園の女王、傍若無人《ぼうじゃくぶじん》の悪役令嬢を務めたメリアローズさんだ！　……やっぱりあなたは、そうやって凛々しい顔をしているのが似合います」

「なによ、褒めてるの？　馬鹿にしてるの？」

「褒めてるんですよ。そんなところが、俺は……たまらなく好きなんだから」

ストレートにそんなことを言われ、メリアローズは一気に真っ赤になった。

その反応にくすくす笑いながら、ウィレムは問いかけてきた。

「でも、公爵家の方はどうやって説き伏せるんですか？」

「あなたとの交際に強固に反対しているのはお兄様なのよ。だから、お父様とお母さまを味方につけるわ。なんとしてでもね」

いくら次期当主とは言え、まだまだ兄よりは父の方が発言権が上だ。

それに、兄の方だって「わからずやのお兄様とは絶交です！」と宣言すれば、多少は態度を和らげることは想像に難くない。

まったく、なんで今までこんな簡単な方法を思いつかなかったのかしら？　……とメリアローズは不思議に思うほどだった。

「きっと時間はかかるわ。でも、私は諦めたくない。だから――」

続きの言葉を口にしようとした途端、ウィレムがいきなり足元に跪いたので、メリアローズは驚いてしまった。

「ななな、なに!?」

「……一応、こういうのはちゃんと宣言しておいた方がいいと思って」

「え……？」

跪いたウィレムが顔を上げる。その表情は驚くほど真摯で、窓越しの月明かりに照らされた翡翠の瞳が、強い意志を秘めたように煌めいていた。

その瞳に見つめられ、メリアローズの体温は一気に上昇する。

「これから先も、俺の想いは変わりません。あなたの剣となり盾となり、必要とあればあなたの為に全てを捧げます。あなたの命と名誉を守るためなら、俺は何も惜しまない」

……まるで、物語の中で、姫君に愛と忠誠を誓う騎士のようだった。

ウィレムは優しくメリアローズの手を取ると、そっと手の甲に口付けた。

「神々と、あなたと、そして自分自身に誓います。だから、俺を……あなたの騎士として、あなたの傍に侍《はべ》り守ることを許してください」

それは、幼い頃から憧れていた騎士の誓いだった。

胸の奥から熱いものが込み上げ、メリアローズがぎゅっと唇を噛む。

――ウィレムはそこまで、私のことを想ってくれている。だったら、私も応えないと。

メリアローズはそっと微笑み、跪く騎士に声を掛ける。

「私は常にあなたの名誉を守り、あなたの忠義に応えることを誓いましょう。……立ちなさい、ウィレム・ハーシェル」

聖堂でも玉座の間でもなく、剣も、マントもない。

それでも、これは二人だけの……神聖な誓いの儀式なのだ。

「私は、私の道を行くわ。だから……一緒に、来てくれる？」

まっすぐに相手の目を見つめ、口にしたメリアローズの言葉に、ウィレムは深く頷いた。

「どこまでもお供しますよ、マイレディ」

誰も知らない、二人だけの秘密の誓い。

まっすぐにこちらを見つめる騎士の姿を見て、メリアローズは微笑んだ。

◆ ◆ ◆

「いやあ、噂の聖騎士殿にわざわざご足労頂けるとは、誠に喜ばしい」

明らかに敵意が透けて見える棒読みで、そんなことをのたまう公爵家の次期当主に、聖騎士――アンセルムは苦笑した。

王国祭の最中に起こった、マクスウェル公爵令嬢誘拐、そしてユリシーズ王子への襲撃事件。

その顛末《てんまつ》の報告……というのは建前で、実際はもっと私情が入り混じる話をしようと、アンセルムはここマクスウェル公爵邸に足を運んだ。その甲斐あって、こうして次期当主――アーネストにお目通りがかなった状況である。

今回の事件の顛末は公にはされていないが、マクスウェル公爵家はメリアローズの誘拐の件もあって、裏で随分と動いていた。

捜査の進展具合、今後の対策等あらかたの報告を済ませると、アーネストは不満を隠さない表情で呟く。

「それにしても……あんなに簡単に王太子への接近を許すとは、周りにいたはずの警備の者はマネキンか何かだったのか？」

「誠に耳が痛い限りです」

アンセルムとて、今回の事件については完全に警備隊の不手際だったと認識している。

長く平和が続いているこの王国で、騎士や兵士たちも少し腑抜《ふぬ》けてきているのかもしれない。

これは一から鍛えなおしだな……と頭の片隅に書き留めて、アンセルムはアーネストに視線を戻す。

彼は、訝《いぶか》しげな視線をじっとアンセルムの方に注いでいる。

「さて……そろそろ本題に入ったらどうだ？」

不機嫌さを露わにしてそう告げたアーネストに、アンセルムは苦笑した。

ウィレムから想い人の兄である、彼のシスコンっぷりについては聞き及んでいたが、まったく噂に違わぬ溺愛っぷりのようだ。

「失礼いたしました。……うちの弟と、閣下の妹君のことですが――」

「ウィレム・ハーシェルには最低限、大会で結果を出して見せろと伝えた。その結果、彼は途中で大会を棄権し優勝を逃した」

ぴしゃりとそう告げたアーネストに、これは取り付く島もないな、とアンセルムは頭を悩ませた。

なんとかもう一度チャンスをくれと頼みに来たのだが、彼の態度は頑なだ。

「一体君はどういう教育をしているんだ。あの状況なら、わざわざ彼自身がメリアローズの救出に向かわなくても、いくらでも他の者がいただろう。目先のことにとらわれて、大局を見失ったな。稚拙な判断能力だ」

馬鹿にしたようにそう口にするアーネストに、アンセルムはくすりと笑う。

彼の言うことはわかる。彼や自分のように多くの者の上に立つ者ならば、時に情より利を優先しなければならないこともある。

そう言った観点から見れば、先日のウィレムの行動は失格ととられても仕方ないだろう。

だが……。

「……騎士という生き物は、愛を捧げる乙女の窮地に駆け付けずにはいられないものなんですよ」

たとえ勝つ見込みのない大軍が相手でも、叶うはずのない愛でも、それでも進まずにはいられない。

アンセルムがどこかに置き忘れてしまったような情熱を、伝説に残る騎士のような生き方を、ウィレムは持っている。

その姿をアンセルムはどこか誇らしく、羨ましくも思っていた。

だからこそ、こうしてアーネストにもう一度機会をくれと請願に来たのだ。

「結果的に、ウィレムによってメリアローズ嬢は無事に救出されました。そのあたりは少しくらい評価していただきたいものです」

アンセルムに少しも退く気がないと悟ったのだろう。アーネストは氷のように冷たい視線をこちらへとよこした。

しばらく、二人とも何も言わず、その場は沈黙に包まれる。

その沈黙を破ったのは……アーネストのため息だ。

「まったく……ハーシェル家の人間の頑固さは筋金入りだな」

呆れたような表情で足を組みなおし、アーネストは苦笑した。

「……もう察しているかとは思うが、完全に彼を失格とみなしたのなら、今もメリアローズの周りをうろちょろさせたりはしていない。とっくに排除しているさ」

やはりそうか、とアンセルムは表情には出さずに納得した。

あの事件以来、ウィレムは暇さえあれば自主的にメリアローズの護衛という名目で彼女の傍にいた。マクスウェル家が完全にウィレムを排除するつもりなら、ぬけぬけと大事な姫君に近づけさせたりはしないだろう。

ウィレムが今もメリアローズの傍にいられるのは、その状況をマクスウェル家が黙認しているということに他ならない。

「少なくとも、君の部下の木偶《でく》の坊共よりは役に立ちそうだからな。もっとも……あそこでメリアローズよりも大会を選ぶようなら、二度とメリアローズには近づけさせなかったけど」

視線を落としそう呟いたアーネストに、アンセルムは心の中で弟に称賛を送った。

どうやら、ウィレムの選択は間違っていなかったようだ。

「それでは、二人の交際を認めていただけるということでよろしいですか？」

にっこりと笑ってそう口にすると、アーネストは明らかに不快そうに表情を歪めた。

「は？　誰がそんなことを言った？　ただ、門前払いは勘弁してやると言ったまでだ。君の弟が身分不相応にメリアローズに近づく身の程知らずだという事実は何も変わっていない」

さすがは鉄壁のシスコン。諦めが悪い。

早口でまくし立てるアーネストに、アンセルムは心の中で苦笑した。

「メリアローズは我がマクスウェル公爵家のたった一人の娘だ。望めば大陸中の王侯貴族に嫁ぐことができるだろう。それこそ、何も持たない騎士崩れにくれてやるような存在ではない。ただ……」

アーネストはそこで言葉を切ると、何かを思い出すかのように窓の外に視線を向ける。

「ただ、それ以上に………メリアローズは私たちの大事な家族なんだ。私たちだってできることなら、少しでもあの子が望む相手に、あの子のことを任せたいと思っている」

窓の外には、美しい薔薇が咲き誇っていた。愛おし気にその花々を眺め、アーネストは優雅に足を組みなおす。

そして、今度はむすっとした表情でアンセルムの方を振り返る。

「現時点で、君の弟はスタート地点に立ったに過ぎない。そのことを忘れるな。今後、メリアローズにふさわしくないと我らがみなせば、その時点で即刻引き離すのでそのつもりで！」

「ええ、肝に銘じておきましょう」

「いいか、まだ交際は認めていない！　慎ましく文通もしくは交換日記から始めろと、君の弟に伝えろ‼」

「仰せのままに、閣下」

笑いだしたくなるのを必死に堪えて、アンセルムは素早く部屋を辞した。

二人ともあれだけ傍にいるのだから、交換日記はまだしも文通の必要性はまったくないような気はするのだが……あれはあれでアーネストなりに譲歩した結果なのだろう。

……意外と可能性はありそうだ、とアンセルムは一人笑いをかみ殺した。

エピローグ　元悪役令嬢、奇妙なお茶会に出席する

「まったく、何なのよ……」

放課後の学園に、かつかつと性急な靴音が響く。

ぶつぶつと文句を言いつつ、メリアローズは一人、廊下を進んでいく。

「わざわざ私を呼び出すなんて……いい度胸ね。高くつくんだから!!」

幸いなことに、この場にいるのはメリアローズただ一人。

王子の婚約者の座を降りた今でも、学園の（影の）女王と名高いメリアローズの、怒りの波動にあてられるような哀れな生徒はいなかった。

メリアローズはぷんすか怒りながら、床を踏み抜く勢いで歩みを進めていく。

――ことの始まりは、学園が休日だった昨日にさかのぼる。

部屋でごろごろチャミと遊んでいたメリアローズの元に、侍女のシンシアが一通の招待状を持ってきたのだ。

『明日の放課後、作戦会議室に来るべし』

たった一文だけの、差出人すら書いていない、招待状とも呼べない奇妙な招待状だった。

通常であれば、もちろん相手になどしない。「こんなもので気を惹けるとでも思ったのかしら？」と鼻で笑い、暖炉にポイして終わりである。

だが今こうしてメリアローズが足を運んでやっているのは、その差出人に心当たりがあるからだ。作戦会議室——それは、メリアローズたち「王子の恋を応援し隊」の活動時に使っていたあの空き部屋のことだろう。

その部屋の存在を知っているのは、メリアローズ以外にはたった三人しかいないのだ。

すなわち、招待主はあの三人のうちの誰かに違いない。

わざわざあんな意味不明な呼び出しをしなくても、言いたいことがあれば言えばいいのに……とメリアローズは朝から三人を探したのだが、何故か三人とも今日は学園に姿を見せていないのだ。

——ウィレムだったら、言いたいことは普通に言うでしょうし、リネット……は王国祭からずっと落ち込んでて、こんな悪戯《いたずら》をするようには思えないし……やっぱりバートラムね。まったく、こんな子供みたいな真似をして、恥ずかしくはないのかしら?

こうなったらガツンと言ってやろう。

「あなた、こんな低俗な真似をするなんて……まるで躾のなっていない駄犬ね！」と。

バートラムなら意外と喜ぶかもしれない、などと考えていると、いつの間にか見慣れた作戦会議室の扉が目に入る。

見慣れたドアの前で立ち止まり、メリアローズはふぅ、と大きく息を吐く。

——よし、思いっきり文句を言ってやるんだから！

そう自分を奮い立たせて、メリアローズは勢いよく扉を開けた。

その途端——。

「パンパカパーン！　おめでとーございまぁーす!!!」

「!?」

次々と弾けるクラッカーと紙吹雪に迎えられ、メリアローズは心臓が口から飛び出しそうになるほど驚いてしまった。

「なななな、なんなの!?!?」

「やったぁ！　サプライズ大成功!!」

紙吹雪の向こうに見えたのは、満面の笑みを浮かべたジュリアの姿だった。

「え、サプライズ……？」

「悪いな、ジュリアが『メリアローズ様を思いっきり驚かせたい！』なんて言い出すから……」

「あー、バートラム様そうやって人のせいにして！」

からかうような笑みを浮かべたバートラムに、クラッカーを握りしめむくれるジュリア。

更にその背後には、いつものようにロイヤルスマイルを浮かべたユリシーズまでいるではないか。

「え、えっ？」

バートラムはともかく、何故ユリシーズとジュリアがここに？

混乱するメリアローズを見てくすりと笑うと、ユリシーズは部屋の奥に向かって呼びかける。

「ほら、メリアローズが来たよ」

その途端、続きの部屋がバタバタと騒がしくなり、すぐに扉が開き二人の人物が顔をのぞかせた。

「メリアローズ様が、お越しに……」

「君は少し休むんだ、リネット」

何故か目の下に隈《くま》を作り、ふらついたリネットを、ユリシーズが優しく支えている。

はいはいお熱いことで……と、ため息をついたメリアローズに、ウィレムが近づいてきた。

「メリアローズさん、そろそろ迎えに行こうかと思っていたんですよ」

「ねぇ、これは――」

「こちらへどうぞ、お姫様」

有無を言わさずウィレムに手を取られ、メリアローズは瞬時に頬を朱に染めた。

「み、みんながいるのに何するのよ！」と怒鳴ろうとしたが、口をパクパクさせるだけで、うまく言葉が出てこない。

そんなメリアローズを見てくすりと笑いながら、エスコートするようにして、ウィレムは部屋の奥へと誘う。

そこに現れた光景を見て、メリアローズは目を見張った。

「わぁ……！」

この部屋を作戦会議室に改装したときに、メリアローズがチョイスし運び込んだ、豪奢なテーブル。

その上にこれでもか、と乗せられたお菓子やケーキの山。

中でもケーキスタンドいっぱいに乗せられたマカロンに、メリアローズは目を輝かせる。

――す、すごい……！　こんなの初めてだわ‼

どこを見てもメリアローズの好物ばかり。

感動に打ち震えるメリアローズの元に、何故か得意気な様子のユリシーズが声を掛けてきた。

「圧巻だろう？　リネットが夜なべをして作ったんだ」

「えっ⁉」

思わず振り返ると、ソファに腰かけたリネットは、うとうととと舟を漕いでいた。

……夜なべをして作った？　このお菓子の山を⁉

「なぜ止めてくださらなかったのですか！」

メリアローズは思わずユリシーズに詰め寄ってしまった。

王国祭からこのかた、襲撃事件に衝撃を受けたのか、リネットはどこか元気がなかった。

これはなんとかせねば……とメリアローズも頭を悩ませていたのだが、まさかそんな時に夜なべをしてこんなにお菓子の山を量産するなど、狂気の沙汰である。

「あなたの婚約者でしょう、何とかしてください！」といきり立つメリアローズに、ユリシーズは目を細めて笑う。

「……リネットは、君を喜ばせたかったんだよ」

「え……？」

「君を喜ばせようと思って、思い付いたのがお菓子を作ってお茶会を開くということだったんだ。メリアローズ、君だってティーパーティーは好きだろう？」

「そんな……」

ただメリアローズを喜ばせたいという、それだけの理由で、こんなにたくさんのお菓子を自前で用意するなんて……

「いや、それでも止めてくださいよ！」

「まあまあ、いいじゃないか」

「メリアローズさん！　ちなみに俺も手伝いました‼」

ウィレム、お前もかー‼

キラキラした瞳で謎の手伝ったアピールを繰り返すウィレムに、メリアローズは盛大にため息をついてしまった。

そうこうしているうちに、騒ぐ声が大きかったのかリネットがはっと目を覚ます。

「そんな、ニシンパイはダメなんです‼」

変な夢でも見たのか、リネットは謎の奇声を上げて、がばりと立ち上がる。

そして、驚くメリアローズとばっちり目が合った。

「メリア、ローズ様……」

「リネット……」

何と言っていいのかわからず言葉を探すメリアローズの前で、リネットは意を決したように口を開いた。

「メリアローズ様、私……考えたんです。私は、メリアローズ様やユリシーズ様のようなカリスマ性は持ち合わせていません。あの時も……ただ怯えて震えることしかできなかった」

リネットが言っているのは、王国祭の時の、ユリシーズとリネットが襲撃された件だろう。

その時の状況を思い出し、メリアローズはぎゅっと拳を握る。

あの時、一歩間違えば……リネットは今ここにはいなかった。

そう考えると、今更ながらに恐怖が押し寄せてくる。

だが、そんなメリアローズの心中とは裏腹に、リネットは穏やかに笑っていた。

「でも、私も変わりたいと思ったんです。いいえ……変わらなきゃいけないんです！　私もメリアローズ様のように、何が起こっても悠然と微笑んでいられるような、そんな淑女にならなければならないと悟ったんです。だから、まずは自分のできることから始めようと思って……気がついたらお菓子を量産してました！」

にっこり笑ってそう告げたリネットに、メリアローズは穏やかな微笑みを返した。

だが心の中では、盛大な嵐が吹き荒れていた。

──駄目、突っ込んではダメよ……！　せっかくリネットが前向きになっているのだから……!!

だから、メリアローズは心の中だけで盛大に叫んだ。

──どう考えても、頑張る方向が間違ってるわ!!!

今のリネットに必要なのは、未来の王太子妃としての自覚や振る舞いなど、そういった次元のものなのではないのだろうか。

それが何故、夜通しお菓子作りに励んでしまったのだろうか。

そして何故、ユリシーズをはじめ誰も止めようとしなかったのか！

わからない、わからないが……少なくとも、この場でリネットのやる気を削ぐような、野暮な発言は慎むべきだろう。

貴族令嬢にとって、空気を読むというのは大事なスキルだ。

たとえ今から始まるのが、狂気のお茶会《マッド・ティーパーティー》だったとしても、それに適応して見せるのが一人前の淑女の在り方なのだ。

そう思いなおして、メリアローズは口角を上げる。

「仕方ないわね……こうなったら、じゃんじゃん食べるわよ！」

勢いよくケーキを頬張りすぎて、頬にクリームがついてしまっているジュリア。

そんなジュリアの頬を、まるで母親のように甲斐甲斐しく拭っているバートラム。

手作りのマカロンを口にして、何かを囁くユリシーズ。

ユリシーズに耳元で囁かれ、頬を染めるリネット。

「『このマカロンはまるで君のように愛らしいね。今すぐ食べてしまいたいよ』って言ってるのよ」

「いやいや、王子がそんな恥ずかしいこと言いますかね。単にあーんして食べさせて欲しいって言ってるんじゃないですか？」

「そっちの方が恥ずかしいわ」

少し離れたソファに腰かけて、メリアローズとウィレムは王子のアテレコ大会に興じていた。

手元には甘いお菓子と美味しい紅茶。視線の先には、気心の知れた友人たち。

そして隣には……愛しい人。

——きっとこれが……守るべき私の宝物。

ティーカップで上品に口元を隠しながら、メリアローズは微《かす》かに微笑んだ。

——私はウィレムのように剣を扱うことはできない。でも、私には私の戦い方があるはず。

ユリシーズやリネットに迫る者は、何も剣を振りかざして襲い掛かってくるような者だけではない。

笑顔を携えて、味方の振りをして、蹴り落とそうと近づいてくるようなものも存在するのだ。

そういう時こそ、きっと……メリアローズの出番なのだろう。

「私……負けないわ」

「いきなりどうしたんですか？」

「決意表明よ。メリアローズ・マクスウェルはどんな状況でもへこたれません、ってね」

ウィレムは何のことだかわからない、というような顔をしていたが、なんとなく空気を読んだのだろう。

メリアローズにしか聞こえないように、小さく囁いた。

「よくわかりませんが……危険なことはしないでくださいね」

「さあね。やるときはやるわよ私は」

「まったく、とんだお嬢様だ……」

ウィレムは呆れたようにため息をついたのち、ふと真面目な表情でメリアローズの方へ視線を向ける。

綺麗な翡翠の瞳に正面から見つめられ、メリアローズの鼓動は高鳴った。

「あなたはそういう人でしたね……。でも、忘れないでください。俺が、貴方の剣となり盾となります。有事の際は、必ず俺を呼んでください」

「……必要な時しか呼んじゃだめなの？」

「いえっ！　まったくそんなことはありませんから‼　いつでも呼んでください！　メリアローズさん限定で二十四時間営業中なんで‼」

熱が入るあまり意味不明なことを口走るウィレムに、メリアローズはくすりと笑ってしまった。

学園を卒業すれば、いよいよリネットには王太子妃候補としての教育が始まるだろう。

だが、一筋縄でいくとは思えない。リネットを快く思わない者はあちこちに潜んでいるはずだ。

だから、メリアローズはそんな者たちからリネットを守らなければならない。

そしていつか……隣の彼との未来を掴み取るために、メリアローズはもっと強くならなければならないのだ。

「頼りにしてるわ、私の騎士様」

「いつまでもお傍に、マイレディ」

この数秒後、うっかりジュリアが手を滑らせ宙を舞ったケーキがメリアローズの元へと襲い掛かってくるのだが……ウィレムは体を張ってメリアローズを庇い、顔面でケーキを受け止め、さっそく盾としての役目を果たしてくれたのだった。

番外編　メリアローズ様のパーフェクトヤンデレ教室

「メリアローズ、正直に答えてほしい。僕に……王子として足りないものは何だろうか」

真剣な顔でそう切り出した王子――ユリシーズに、メリアローズはぱちくりと目を瞬かせた。

「なぜ、それをわたくしに？」

「いや、周りに聞いても『王子はいついかなる時も完璧でいらっしゃいます！　ヒョー!!』とか言って、まともな答えが返ってこないから」

「なるほど……」

若干呆れ顔でそう零したユリシーズに、メリアローズは納得し頷いた。

この国の高官の多くは、目に入れても痛くないほどユリシーズを溺愛している。

なぜユリシーズが自分の欠点を指摘して欲しがったのかはわからないが、彼らに聞いたところで、まともな答えが返ってくるとは思えなかった。

たまたま用事で王宮を訪れたところをユリシーズに呼び止められ、いったい何かと思えば、彼はいつになく真剣に悩んでいるようである。

かわいい婚約者もできたところで、王太子としての自覚も出てきたのかもしれない。

――ユリシーズ様の、欠点ねぇ……。

メリアローズは、うーんと首をひねって考えた。眼の曇った国の重鎮のようなことは言いたくないが、ユリシーズは確かに大概のことなら完璧にこなすことができる。

そんな彼に、王子として足りないものといえば……。

そう考えた時、メリアローズはピンときた。

「……わかりましたわ」

「やっぱりメリアローズに聞いてよかったよ。ぜひ、教えてほしい」

「ユリシーズ様、あなたに王子として足りないもの。それはずばり、腹黒ヤンデレ要素です!!」

「…………え?」

「わかりますか王子、腹黒ヤンデレです。王子ときたら腹黒ヤンデレ! これぞ世界の理《ことわり》なのです!」

「そ、そうなのか……」

「ええ。わたくし、前々からユリシーズ様には何かが足りないと常々思っておりましたの。それが、やっとわかりました。あなたには、王子キャラに必要不可欠な腹黒ヤンデレ……溺愛するヒロインに対する執着束縛要素が、圧倒的に足りなぁい!!」

「落ち着くんだメリアローズ!」

「リネットもそう思っているはずですわ!!」

「っ!!」

リネットの名前を出した途端、ユリシーズははっと息を飲んだ。その反応に、メリアローズはにやりと笑う。

「ええ、それはもちろん、リネットだって恋する乙女ですもの。王子であるユリシーズ様に腹黒ヤンデレ要素が足りないことを、残念に思っているはずですわ」

「そうだったのか。僕はリネットに悪いことをしたな……」

「あぁ、そんなに落ち込まないでくださいな、ユリシーズ様。このわたくしにお任せください！　必ずや、あなたを立派な腹黒ヤンデレ王子に仕立て上げてみせます!!」

「ありがとう、メリアローズ……！」

完璧ゆえに少し努力の方向がずれている王子と、暇を持て余した公爵令嬢。残念ながら、この二人に「違うそうじゃない」と突っ込めるような優秀な人材は、この場にはいなかった。

こうして、メリアローズによる「腹黒王子育成計画」が密かに始まってしまったのである。

◆◆◆

「では、お手元の教本をご覧ください」

メリアローズが厳かにそう告げると、ユリシーズは真剣な表情で教本を手に取る。

「表紙を音読してみてください」

「『王宮ロマンス二十四時～庶民派令嬢の私が、ヤンデレ王子の婚約者に!?』と書いてあるね」

「ええ、その通りです！　ご理解いただけますか、ユリシーズ様。王子といえば腹黒ヤンデレ！　腹黒ヤンデレといえば王子！　その表紙の王子を見てください。悪そうな顔をしてヒロインを抱きとめているでしょう？　女の子はこういうキャラにキュンキュンするのです！」

「そうなのか、奥が深いな……」

　メリアローズが教本として用意したのは、いつか大臣がくれたような……巷で流行っている女性向けの小説であった。メリアローズが悪役令嬢ものの小説を読んで悪役令嬢になったように、ユリシーズにも腹黒ヤンデレ王子の出てくる小説を見て、勉強してもらおうと思ったのである。

「ちなみにこの小説の王子……アロルド様は、一見穏やかで人のいい王子のように見えて、その実、腹の底は真っ黒という設定です。普段は猫をかぶっていますが、愛するヒロインを傷つけようとする悪役令嬢には、王子という立場をフル活用してボコボコにするのです！」

　普段は穏やかな人物だからこそ、静かにブチ切れた時の滲み出る怒りに、皆震えあがるのである。愛らしいヒロインをいびる悪役令嬢に、反逆罪や不敬罪によるお家取りつぶしをちらつかせて、華麗に断罪を決めてみせるのだ。

　それこそが、腹黒王子のあるべき姿なのである。

「まずはこのアロルド様を目標に、腹黒王子の基本を押さえましょう。それでは、六十ページをご覧ください。アロルド様が逃げ出そうとしたヒロインを、壁ドンで追い詰めるシーンです」

「壁ドン？」

「そこにイラストが描かれているでしょう？　こうやってヒロインを壁際に追い詰め、ドン！　と壁に手をついて逃げられなくするのが壁ドンなのです」

「なるほど……」

「追加技として、顎クイというものもございます。壁ドンと顎クイを組み合わせて発動することで、より効果的にヒロインに迫ることが可能となるのです。顎クイについては、百三十五ページをご覧ください」

黙って二人の様子を見守っていた王子の護衛の中には、必死に笑いをこらえて、ぷるぷる肩を震わせている者もいた。

だが、メリアローズとユリシーズの二人は、いたって真剣だったのだ。

「それでは実際にやってみましょう！　さあ、わたくしに壁ドンを決めて見せてくださいな！」

座学の後は、いよいよ実践の時間である。

わざと壁際に退いたメリアローズのもとに、少々緊張気味な面持ちのユリシーズが近づいてくる。

そして、ドン！　と音を立てて、彼はメリアローズの顔のすぐ横に手をついて見せた。

メリアローズはユリシーズと見つめあいながら、冷静に状況を分析する。

「もう少し、近いほうがいいような……？　これは客観的に見た方がアドバイスがしやすいわね」

ぐるりと室内を見回したメリアローズは、王子の護衛の騎士の一人と目が合った。

哀れな騎士は慌てたように目をそらしたが、時すでに遅し。

すでにメリアローズは、彼を生贄《いけにえ》にすることに決めてしまっていたのである。

「あなた……確か、ブルック家のエルマー様、でしたよね」

「はいっ！　その通りでございます！」

王子の護衛に抜擢されるような者は、名家の子息だ。当然、メリアローズも彼の名を知っていた。

美貌の令嬢に微笑みかけられた若き騎士は、一瞬、状況も忘れて赤面した。

だが次の瞬間、彼はメリアローズの発した言葉に凍り付く。

「あなた、私の代わりにヒロイン役を演じてくださらないかしら？」

「…………え？」

「こういうのって、傍から見たほうが指導しやすいんですもの。ユリシーズ様のためだと思って、ね？」

にっこりと笑うメリアローズに迫られた若き騎士——エルマーは、顔をひきつらせた。

傍らでメリアローズのヤンデレ講座を聞いていた彼は、「ヒロイン役」がどういったものなのかを、正確に理解していたのだ。

当然、拒否したい。だが、相手は宰相の娘でもある公爵令嬢。それに、「ユリシーズ様のため」という言葉も彼の心を揺るがせていた。

彼は数秒のうちに、自身のプライドと、立場と、王子への忠誠心との間で葛藤《かっとう》した。

そして、観念した。

「ユリシーズ殿下、僭越《せんえつ》ながらお相手仕ります」

「頼むよ、エルマー」

「さあ、こちらへどうぞ、エルマー様。いいですか、今のあなたは腹黒ヤンデレ王子に見初められた庶民派令嬢なのです。王子のことを恐れながらも、心惹かれずにはいられない乙女なのです。いいですね？」

「はい……」

哀愁を漂わせたエルマーは、先ほどのメリアローズのように、壁を背にして王子に相対した。

「さあ、王子。今度は彼に壁ドンを！」

メリアローズの合図を受けたユリシーズは、講義の成果を十分に発揮して、エルマーに華麗な壁ドンを決めて見せた。様子を見に来た侍女が、美貌の王子が若き騎士に迫る構図に、歓喜の悲鳴を上げて卒倒したほどである。

「そうです！　そこで顎をクイっと‼」

「こうかな？」

「もっと顔を近づけてください！　表情はあくどい感じで！　表紙のアロルド様を思い出して‼」

ユリシーズは呑み込みが早かった。メリアローズの指示通りに、彼はどんどんと理想の腹黒王子に近づいていく。それに伴い、エルマーの表情もどんどん乙女らしくなっていくように見えるのは……きっと気のせいではないだろう。

「そうです！　そのまま……百三十六ページの仕草とセリフを‼」

ユリシーズはぺろりと舌なめずりをして、エルマーの耳元で囁いた。

「逃がさないよ？」

その途端、ついに控えていた残りの騎士たちの腹筋は崩壊した。

だがヒィヒィと笑い転げる彼らには目もくれず、メリアローズは熱く指示を飛ばす。

「もっと、暗黒微笑感を出して！」

「いっそ、このまま羽をもぎ取って、どこにも行けないように鳥籠《とりかご》に閉じ込めてしまおうか……」

「はぁん、王子ぃ……♡」

頬を紅潮させ、エルマーはうるんだ瞳で王子を見つめている。

その様子を見て、メリアローズは感涙を禁じえなかった。

「あぁ、さすがはユリシーズ様……。そのお姿はまさに腹黒ヤンデレ王子そのものですわ……」

「君のおかげだよ、メリアローズ。よければ、僕にもっと腹黒ヤンデレのことを教えてくれ」

「はい、ユリシーズ様……！」

メリアローズとユリシーズは熱く手を取り合った。

不幸なことに、この二人を止められる者は、やはりこの場には存在しなかったのである。

◆　◆　◆

「やりましたわ、ユリシーズ様。あなたはもう、どこに出しても恥ずかしくない腹黒ヤンデレ王子です。さぁ早く、リネットを愛の鎖で拘束してきてくださいませ……」

「あぁ、行ってくるよ、メリアローズ！」

ついにメリアローズのヤンデレ講座を履修し終わったユリシーズは、癖になったのか、暗黒微笑を浮かべてリネットのもとへ向かっていった。

その姿を見送り、メリアローズはふぅ、と息を吐く。

これでメリアローズの役目は終わった。家に帰ってチャミと遊ぼうかしら……と考えた時、メリアローズの視界の端を、見知った姿がかすめた。

「ウィレム……？」

小さな声だったが、不思議と張本人には届いたようだ。

こちらを振り返ったウィレムが、メリアローズの姿を認めた途端、嬉しそうに笑う。

その表情に、メリアローズの心は熱くなる。

「メリアローズさんも王宮にいらしてたんですね」

「えぇ、ユリシーズ様を立派な腹黒ヤンデレ王子に仕立て上げたところよ」

「あぁ……王子に聞きました。よくわからないけど、大変だったみたいですね」

「そうなのよ！　でも苦労の甲斐はあったわ。ところで……あなたはどうしてここに？」

「兄さんに呼ばれたんですけど、もう用事は済みました。もし屋敷に帰るところなら、お供しますよ。マイレディ」

芝居じみた仕草でそう告げたウィレムに、メリアローズはくすりと笑う。

「それなら、ご一緒してもらおうかしら、私の騎士様」

ウィレムにエスコートされながら、メリアローズは歩き出す。偶然とはいえ、彼とこうして会えたことが嬉しくてたまらない。許されるなら、今すぐスキップでもしたい気分だ。

「随分と嬉しそうですね」

「え!?　ま、まあね。ユリシーズ様が素晴らしい腹黒ヤンデレ王子に成長を遂げたんですもの。今頃リネットも、メロメロの骨抜きになっているはずよ」

「それは喜んでいいんですか……」

他愛ない話をしながら、二人で馬車に乗り込む。

「それにしても、あなたも王子の腹黒ヤンデレ計画を知っていたなんてね」

「王子が教えてくれたんですよ。最近はこういうのが女性に受けるんだって」

「……あなたたち、意外と俗っぽい話をしてるのね」

もっと建設的な話をしているかと思いきや、ウィレムとユリシーズが「どんな男が女の子にモテるか」などという話をしているのは意外だった。

メリアローズは何故だか、胸がむかむかしてしまう。

「ふん、そんなバートラムみたいなことを言って……色男は大変ね」

「え？」

「女の子を口説き落とすテクニックを王子に教わったの？　よかったわね。だったらバートラムみたいに十分活用して――」

「メリアローズさん」

言葉の途中で不意に呼びかけられ、メリアローズは思わず口をつぐんでしまう。

おそるおそる視線をやると、ウィレムは何故か、若干不機嫌そうな顔でこちらを見ていた。

「な、なによ……」

「男と二人の時に、他の男の話はやめた方がいいですよ。特に、自分に好意を持っているとわかりきった相手の前では」

どこか冷めたような平坦な口調で、ウィレムはそう告げた。

その途端、メリアローズの肌がぞわりと泡立つ。

目の前にいるのは、メリアローズの良く知るウィレムのはずだ。なのに……何故だか、彼を恐ろしく感じてしまう。

「な、なにを言ってるのよ……」

メリアローズは思わず、ウィレムから身を引こうとした。

だがその瞬間、ウィレムはぐい、と体ごと覆いかぶさるように、距離を縮めてきたのだ。

狭い馬車の中では、逃げ場などあるはずはない。

逃げようと身をよじっても、あっという間に背後の壁に追い詰められてしまう。

瞬きの間に、メリアローズはウィレムの腕の中に捕らわれたかのような形になってしまった。

「相手を煽《あお》るような真似ばかりするから、こういう目に遭うんですよ」

口元に笑みを浮かべたウィレムが、どこかぞくりとする口調でそう告げた。

メリアローズはとっさに視線を逸らそうとしたが、ぐい、と顎を掴まれ、無理やり視線を合わせられてしまう。ウィレムの翡翠の瞳が満足げに細められ、指先が、つぅ、とメリアローズの柔らかな頬をなぞる。

その途端、メリアローズの体がびくりと跳ねた。

——……なになに!?　何なのこれは!!　何が始まったの!!?

メリアローズの頭は予想もしない事態に、既にパニック状態に陥っていた。

だが、ウィレムは遠慮などはしてくれない。

「口で言っても聞かないなら、一体どうすればいいと思います？」

「う、ぁ……」

至近距離でウィレムが囁くたびに、まるで甘い毒を流し込まれているかのように、体が痺《しび》れてしまう。

頬に触れる手が、感じる吐息が、メリアローズを捕らえるその視線が……彼の何もかもが、メリアローズをどろどろと甘く溶かしていくかのようだった。

「あなたはいつもそうだ。俺の気なんて知りもしないで、無意識に周りを魅了して」

「ひぅ……」

「いっそ、本当にどこかに閉じ込めてしまうのもいいかもしれないですね。……ねぇ、メリアローズさん？」

「ふみゃぁ……！」

全身が熱い。燃えるように熱い。

喉の奥から漏れるのは、まるで甘えた子猫の鳴き声のような、言葉にならない音だけだ。

心臓が破裂しそうなほど、鼓動が高鳴っている。彼に聞こえてしまうのではないかと、心配する余裕すらない。

「大丈夫、俺がちゃんと飼ってあげますから。あなたならきっと、どんな首輪でも似合うでしょうね……」

頬をなぞっていたウィレムの指先が、戯れのように顎をくすぐり、そのまま首筋をゆっくりと撫である。

まるで、そこにあるはずのない首輪を探すように。

「……俺だけの子猫になってくれますか、メリアローズさん？」

ウィレムが耳元で甘く囁く。

思考までどろどろに溶かされてしまったメリアローズは、もうその言葉の意味を深く考えることもできなかった。彼に促されるまま、頷こうとしたその時――。

「あ、着きましたね」

「…………え？」

ウィレムはさっきまでの態度が嘘のように、メリアローズから離れ、窓の外を指さした。

つられるようにそちらに視線をやると、確かに、見慣れたマクスウェル邸の敷地内に入るところだった。

そうだ。メリアローズは王宮で偶然ウィレムと会い、彼と一緒にここに帰ってきたところだった。

そんなことすら、熱に浮かされたメリアローズの頭の中からは吹っ飛んでいたのだ。

「っ――――!!!!」

正気に戻ったメリアローズは、その途端先ほどまでの自分の態度が猛烈に恥ずかしくなった。

そんなメリアローズを見てくすりと笑うと、ウィレムはいたずらっぽく言い放つ。

「それで、どうでした？　王子直伝のヤンデレっぷりは」

一拍遅れて、メリアローズはやっと、彼の言葉の意味を悟る。

「…………私をからかったのね‼」

さっきまでのアレは、メリアローズが王子に講義した腹黒ヤンデレを、ウィレムが実践していただけだったのだ。そう悟ったメリアローズは立ち上がって抗議しようとしたが、その途端恐ろしいことに気が付いた。

「メリアローズさん……？」

「……ない」

「え？」

「立て、ない……」

情けないことに、先ほどのショックで腰が抜けてしまったようだ。

涙目になって震えるメリアローズに、ウィレムは笑いながら手を伸ばす。

「だったら、俺が責任取ってお連れしますよ、お姫様」

「え……？　ひゃっ、だだだ、大丈夫よぉ‼」

背中と膝裏を支えるように、ウィレムに抱き上げられ、メリアローズはまたしても、全身が発火しそうなほど熱くなってしまう。

「ばかばか！　これも全部あなたのせいなんだから‼」

「はいはい、暴れると落ちますよ」

さっきまでの仕返しもかねて、メリアローズはポカポカと力いっぱいウィレムの背中を叩いた。

◆　◆　◆

メリアローズを無事に送り届け、ウィレムは彼女の兄に見つかる前に屋敷を後にした。

「………はぁ」

本当に、最初はただ単にからかうつもりだった。王子が教えてくれた「腹黒ヤンデレ」なるものを実践して、メリアローズを茶化そうとしたのだ。

だが、彼女の反応は想像以上だった。

全身を真っ赤に染めあげて、涙目になって震える姿が、触れた頬の柔らかさが、彼女の熱い体温が……今も頭から離れない。

もしあの時、マクスウェル家の屋敷に着くのがもう少し遅かったら、いったいどうなっていたのか――。

「……やばいな」

まさか、メリアローズの提案したヤンデレ攻撃が、彼女自身にも効くとは思わなかった。

策士策に溺れる……ではないが、自分が王子に教えたヤンデレ攻撃が、巡りめぐって自分自身にも降りかかってくるとは、メリアローズもきっと、考えはしなかっただろう。

そんな間抜けなところも、ウィレムにとってはたまらなく可愛く思えるのだが。

だが調子に乗って道を踏み外せば、ウィレムに待っているのはマクスウェル家からの粛清だ。

……それだけは何としてでも避けなければ。

「しばらくは、ヤンデレは封印だな……」

◆ ◆ ◆

翌日、どこかぼんやりしたメリアローズが学園の門をくぐると、偶然にもユリシーズと遭遇した。

「ごきげんよう、ユリシーズ様。……少し、よろしいでしょうか」

声をひそめて尋ねると、ユリシーズも小さく頷いてくれた。

これ幸いとメリアローズは彼を物陰に連れ出し、小声で問いかける。

「その……昨日の、腹黒ヤンデレの講義の成果をお伺いしたいのですが……」

「あぁ、君が教えてくれた通りにリネットに迫ったんだけど……『いつもの王子に戻ってください』って泣かれてしまったよ」

「あらまぁ……」

「リネットは、あまりああいうのが好きじゃなかったのかな……」

王子は思案するようにそう口にしたが、メリアローズはそうは思わなかった。

きっと、リネットにとっても刺激が強すぎたのだ。

昨日のメリアローズが、とんでもない状態になってしまったように。

「まぁ、乙女の心は繊細ですからね。使うタイミングによって、毒にも薬にもなるということなのでしょう。また今度、タイミングを見計らって挑戦してみてはいかがでしょうか」

普段は穏やかな人物が、たまに見せるヤンデレな一面だからよいものなのだ。

常にあんな態度で接していては、ただの要注意人物になってしまう。

そう説明すると、王子は納得したかのように頷いた。

「なるほど、やっぱり君は頼りになるね」

「ふふ、光栄ですわ、ユリシーズ様」

「そういえば、最近やたらとエルマーから熱い視線を感じる気がするんだ。君はどう思う？」

「ふむ……王子として日々成長していらっしゃるユリシーズ様を、誇らしく思っているのでは？」

どこかすっとぼけた会話を交わす王子と公爵令嬢に、鋭いツッコミを入れられるような優秀な人物は、やはりこの場には存在しないのだった。

Mf ノベルス

悪《あく》役《やく》令《れい》嬢《じよう》に選《えら》ばれたなら、優《ゆう》雅《が》に演《えん》じてみせましょう！②

2020年3月18日　第1刷発行

著　者　柚《ゆ》子《ず》れもん

カバーデザイン　AFTERGLOW

発行者　島野浩二

発行所　株式会社双葉社
〒162-8540　東京都新宿区東五軒町3番28号
［電話］03-5261-4818（営業）　03-5261-4851（編集）
http://www.futabasha.co.jp/（双葉社の書籍・コミック・ムックが買えます）

印刷・製本所　三晃印刷株式会社

［電話］03-5261-4822（製作部）
ISBN 978-4-575-24259-1 C0093　